俺は火の精霊に呼びかける。
『火の精霊よ、我とシンシアに纏《まと》い、力を与えよ――【火活力《ファイア・エンパワー》】』
勇者パーティーを追放された精霊術士1
最強級に覚醒した不遇職、真の仲間と五大ダンジョンを制覇する
Author まさキチ
Illustration 雨傘ゆん

ラーズ
実直な精霊術士の青年。
支援職として勇者パーティー
「無窮の翼」をずっと助けてきたが、
貢献を評価されず追放される。

精霊王
全精霊を統べる王。
世界の不穏を察し、
パーティーを追放された
ラーズの精霊術を覚醒させる。
シンシア
パーティー「破断の斧」所属の回復闘士。
精霊が見えるのはラーズと彼女だけ。
前から慕っていたラーズの追放を知り、
パーティーを離脱して彼の後を追う。
クリストフ
「無窮の翼」リーダーでラーズの幼なじみ。
ラーズ追放をきっかけに「無窮の翼」は
転落していく。

「ラーズ………良かった。
間に合った」
シンシアは涙声だった。
俺の胸に顔をうずめ涙を流すシンシアに、
俺は彼女を軽く抱きしめることしか
できなかった。

勇者パーティーを追放された精霊術士 1

最強級に覚醒した不遇職、真の仲間と五大ダンジョンを制覇する

まさキチ

HJ文庫
1100

口絵・本文イラスト　雨傘ゆん

目次

第一章　パーティー追放

「ラーズ、今日でオマエをうちのパーティーから追放する」

ダンジョン帰りの夕方。

行きつけの酒場で乾杯《かんぱい》が済むなり、パーティーリーダーである【勇者】クリストフにいきなり告げられた。

「は？」

あまりにも予想外の発言に、俺《おれ》は思わず聞き返す。喧騒《けんそう》のせいで、俺が聞き間違《まちが》えたのだろう。

しかし、続くクリストフの言葉がそれを否定した。

「クビだよ、クビ」

クリストフは表情も変えずに言う。金髪《きんぱつ》で貴公子然とした彼《かれ》が無表情で告げたのは、突《つ》き放《はな》すような冷酷《れいこく》な言葉だった。俺への視線も、とても仲間に向けるものではなかった。

俺たちは『無窮《むきゅう》の翼《つばさ》』という五人組の冒険者《ぼうけんしゃ》パーティーだ。

一五歳《さい》で冒険者になってすぐ、俺とクリストフが、残り三人を加えて立ち上げたパーティーだ。

それ以来五年間、一緒《いっしょ》にダンジョンに潜《もぐ》り続けた仲間——そう思っていたのは俺だけだったのかもしれない。

「理由は？」

「ここ一月ほど、攻略《こうりゃく》が滞《とどこお》っている」

「ああ、そうだな」

『無窮の翼』は破竹の勢いでダンジョンを攻略してきた。

五大ダンジョン——五つすべてを踏破《とうは》した者はどんな願いでも叶《かな》うと言われている。

冒険者とは、五大ダンジョンに挑《いど》む者を指す言葉だ。

「ファースト・ダンジョンもセカンド・ダンジョンも、俺たちは最速だった」

『無窮の翼』は歴代最速記録を更新《こうしん》する速さでふたつのダンジョンを駆《か》け抜《ぬ》け、半年前にこの街にあるサード・ダンジョンに挑み始めた。

ここでも、ダンジョン攻略は順調だった。一ヶ月前までは……。

「第一五階層で足止めを喰《く》らっている。その原因はオマエだ！」

「そうだッ。この無能がッ！」

クリストフの断罪に、禿頭《とくとう》で岩のような巨漢《きょかん》【剣聖《けんせい》】バートンが怒鳴《どな》り声で追随《ついずい》する。

二人が言うように、攻略が停滞《ていたい》しているのは事実だ。だが、その原因が俺にあると言われ、無能扱《あつか》いされても承服しかねる。

だから、俺は問い返した。

「どういうことだ？」

「ラーズ、オマエは戦闘中《せんとう》なにをしてる？」

「はっ？　精霊術《せいれいじゅつ》を使ってお前らをサポートしてるだろ」

俺の職業《ジョブ》は【精霊術士】だ。

あいにく精霊術でモンスターを攻撃《こうげき》することはできないが、使役《しえき》している精霊を駆使《くし》して味方をサポートし、敵の足を引っ張り、戦闘をコントロールする――それが支援職《しえんしょく》である【精霊術士】の戦い方だ。

精霊術の使い手は、世界で俺一人だけ。レア中のレアジョブだ。過去には何人かいたようだが、それは書物の中でしか確認《かくにん》できない。

だから、他人を参考にすることはできないが、それでも、俺なりに自分の役目は果たしてきたつもりだ。

しかし、クリストフもバートンも俺の働きに満足していないようだ。二人がかりで交互《こうご》に俺を非難してくる。

「そのご自慢《じまん》の精霊術とやらは、実際どれだけの効果があるんだ？」

「後ろに隠《かく》れて、こそこそやってるだけじゃねえかッ！」

「正直、オマエの精霊術が役に立っているとは思えない」

「役にも立たない精霊術なんていらねーんだよッ！」

「それにオマエは直接戦闘ができない。だから、俺たちはオマエを守らなきゃならない。戦闘に貢献《こうけん》できないだけでもお荷物なのに、俺たちの足まで引っ張ってるんだ」

「オマエがいなきゃ、もっと楽に戦えるんだよッ！」

「同郷のよしみで、いつかは覚醒《かくせい》するかとこれまで待ってやってた。だが、もう我慢《がまん》の限界だ」

淡々《たんたん》と告げるクリストフと、怒《いか》りに赤く染まる禿頭のバートン。対照的な二人だが、こういうときだけは意気がぴったりだなと感心する。

しかし、その言い分は到底《とうてい》受け入れられない。

俺の精霊術は役立たずじゃない。そもそも、精霊術士は後衛職だ。前衛の後方に位置取り、モンスターとの直接戦闘を避《さ》けるのは当然のことだ。

確かに、精霊術は間接支援《しえん》であり、その効果は分かりづらい。なぜなら、精霊術士以外の人間には精霊が見えないからだ。例外はレアスキルである【精霊視】を持っている人間だけで、俺の知る限りは存在しない。当然、パーティーメンバーも誰一人《だれひとり》持っておらず、精霊術の効果は俺にしか見えない。

使役者である俺は、精霊術が確実に効果を発揮していることを知っている。間違いなく俺の精霊術によって、仲間の力は底上げされ、敵は弱体化されているのだ。

しかし、パーティーメンバーはそれが俺の精霊術によるものだとは思っておらず、単に自分たちが強くなったからだと勘違《かんちが》いしている。何度言っても、俺の意見を聞き入れようとはしなかった。

彼らが自分の力を過信するのには理由がある。俺以外の四人は皆《みな》、強力なジョブを得ている。だから、強くなったのは俺の支援のおかげではなく、ジョブの力ゆえと誤解しているのだ。

彼らの誤解を指摘《してき》し、丁寧《ていねい》に説明すべきなのだろうが、そんなことはもうさんざん繰《く》り返してきた。どのみち、今のヤツらは聞く耳を持っていない。

俺はこの二人と言い合ってもムダだと思い、残りのメンバーに視線を向けた。激昂《げきこう》する二人とは対照的に、パーティーメンバーである女性陣《じょせいじん》二人は黙《だま》って俯《うつむ》いたままだ。

俺は悟《さと》る。どうやら、この追放話は出来レースのようだ……。

黙り込《こ》んでいる俺に、クリストフはさらに追い打ちをかけてくる。

「なあ、ラーズ。オマエいつまでジョブランク２で遊んでるんだ？」

——ジョブランク。人は一五歳になりダンジョン攻略を始めるときに、神からジョブを授《さず》かる。スタートは皆、ジョブランク１。そこから始まり、ダンジョンに挑み、経験を積み上げていくことによって、ジョブランクは上がっていく。

ジョブランク２で一人前の冒険者。

ジョブランク３ともなれば、一流の証《あかし》。

ジョブランクは最大が３で、ここに到《いた》れるのは極《ごく》ひと握《にぎ》りの選ばれし者。噂《うわさ》では、その上のランクがあるなどと言われているが、眉唾《まゆつば》ものだ。

現在、このパーティーでジョブランクが２なのは俺だけだ。

半年前までは五人ともジョブランク２だった。そして、セカンド・ダンジョンをクリアした際に、俺以外のみんなはジョブランク３になったのだ。

四人ものメンバーがジョブランク３というパーティーは破格で、この街では俺たち『無窮の翼』だけだ。

そこから、歯車が狂《くる》いだした──。

ジョブランクという引け目がある分、俺は自分にできることに全力を注いできた。精霊術を駆使して、索敵《さくてき》を行い、モンスターを誤誘導《ごゆうどう》し、仲間を支援《しえん》する。直接戦闘は行えないが、それでも、自分なりにきちんとパーティーに貢献してきたつもりだ。みんなに追いつける日を信じて、懸命《けんめい》に頑張《がんば》ってきたんだ。

だが、ジョブランクという客観的な指標を出されると返す言葉がない。精霊術が役立たずと言われたら反論できるが、ジョブランクが2という指摘はどうしようもない事実だ。

「俺たちはこんなところで立ち止まっているパーティーじゃない。遥《はる》かな高みを目指すんだ」

「オマエ抜きでなッ！」

「俺たちに必要なのは火力だ。役立たずの支援魔法《まほう》じゃない」

「ジョブランク3の奴《やつ》をなッ!!」

お前たちに必要なのは、火力じゃなくて連携《れんけい》だ。そう言いたくなったが、俺は口をつぐむ。今まで何度も提言したけど、一切《いっさい》聞き入れられなかったからだ。口うるさく注意する俺のことを疎《うと》ましく思っていたに違《ちが》いない。それも今回の追放劇の一因だろう。

「幼馴染《おさななじみ》だからということで今まで置いてやってたが、もう我慢がならん。オマエをクビにして火力職を入れることにした。分かったか」

「…………」

俺は無言でクリストフを睨《にら》みつける。コイツと俺は同じ村で生まれ育った幼馴染だ。一緒に棒きれを振《ふ》り回し、一緒に街へ出て、一緒に冒険者になり、一緒にパーティーを立ち上げた。

コイツは俺に劣等感《れっとうかん》を抱《いだ》いている。それは俺も知っていた。だが、俺は信じていた。いつか成長して、負の感情から解き放たれると。何度も忠告したし、態度でも示した。

しかし——俺の思いはクリストフには届かなかったようだ。

クリストフが抱《かか》えていた負の感情は、俺が思っていたよりも遥かに大きかったようだ。

そして、【勇者】というジョブがコイツを悪い方向へと加速させてしまったのだろう。【勇者】というジョブを得て増長し、世界で自分が一番偉《えら》いと勘違いしてしまった。

「まあ、ラーズにも、言い分はあるんだろう」

バートンが嫌《いや》らしい笑《え》みを浮《う》かべる。

「——だったら、多数決で決めればいいじゃねえか。なあ、それが一番平等だろ？」

バートンは蔑《さげす》みを込めた視線を向けてくる。

　この瞬間《しゅんかん》、俺の追放は決定した。茶番だ。決を取るまでもない。

「ああ、バートンの言う通りだな。他の二人の意見も聞かないとな。まず、クウカはどう思う？」

　クリストフが【聖女】クウカに振る。

「……私はクリストフさんの意見に従います」

　純白の聖衣を身に纏《まと》い、清楚《せいそ》な振る舞《ま》い。まさに聖女そのものといった雰囲気《ふんいき》のクウカは、クリストフを熱い眼差《まなざ》しで見つめたまま、俺とは視線も合わさずに口にした——俺への追放宣告を。

　クウカはクリストフに惚《ほ》れており、完全にヤツのイエスマンだ。クリストフが言い出した時点で、彼女《かのじょ》の中ではもうそれは決定事項《じこう》になのだ。

「これで三人。決まったな。まあ、一応、ウルの意見も聞いておこうか」

　クリストフが【賢者《けんじゃ》】ウルへ尋《たず》ねる。フード付きのローブを纏った、幼い少女にしか見えない小柄《こがら》な体躯《たいく》のウル。彼女はバートンに問いかけられ、ようやくテーブルに広げていた魔導書《まどうしょ》から顔を上げた。いつもこの調子で、この大事な話し合いの場でも会話に加わらず、我関せずとマイペースを保っていた。

「パーティーの不和は望ましくない。こうなってしまった以上は、ラーズと一緒に冒険《ぼうけん》を続けるべきとは思えない」

「だとよ」

ウルは無感情に語る。まるで、他人事《ひとごと》であるかのように。

どうやら、このパーティーに俺の味方はいないようだ。

「つーことで、満場一致《まんじょういっち》の決定だ。ラーズの新しい門出《かどで》をお祝いしないとな」

「じゃあ、乾杯するか」

フザケたことを抜かすバートンに、クリストフが合わせる。こんな屈辱的《くつじょくてき》な乾杯があるだろうか。

「ほら、主役がグラス持たないと始まらねえぞ」

煽《あお》ってくるバートンに、俺は拳《こぶし》を固く握り耐《た》える。

「どうやら、ラーズは嬉《うれ》しさのあまり動けないようだな。俺《おれ》たちだけで乾杯すっか」

「ああ、そうみたいだな」

プッと吹《ふ》き出したクリストフがこちらを見る。長年の憑物《つきもの》が落ちたかのような、清々した顔だ。

そんなに俺を追い出したかったのか。

俺が怒りに震《ふる》える中、「かんぱ～い」と四つのグラスがぶつかる音が虚《むな》しく響《ひび》く。

「おい、ラーズ。オマエの実力じゃ、ここは無理だ。大人しく『始まりの街《アインス》』からやり直せ」

「冒険者を廃業《はいぎょう》するって手もあるぜ」

「まあ、オマエが冒険者を続けたって、他の冒険者に迷惑《めいわく》かけた上、どっかで野垂れ死ぬのは明らかだ。バートンが言うように引退した方がいいかもな」

静かに口元を歪《ゆが》ませるクリストフとガハハハと笑い声を上げるバートン。

クリストフの瞳《ひとみ》は暗く濁《にご》っていた。

ああ、そういうことか。俺はようやく理解した。この茶番劇に隠れたクリストフの真意を。

精霊術が役立たずだとか。ジョブランクが2だとか。支援魔法じゃなくて、火力が必要だとか。

すべてどうでもいい後付けの理由だ。追放の本当の理由はそんなところにはない。

ただ単に、クリストフは俺に復讐《ふくしゅう》したかったんだ。アイツのちっぽけなプライドを満たすために、俺を陥《おとしい》れたかっただけなんだ。

うちのパーティーのメンバーはみんな、人間性に難がある。仲の良い友人になれるかと言われたら口を閉ざさざるを得ない。だが、それでも、良き冒険者仲間にはなれると、俺は信じていた。そのために、最大限の努力をしてきたつもりなのに……。俺の思いは誰《だれ》にも届かなかったようだ。仲間だと思《おも》い込んでいたのは、俺だけだったようだ。

すでに、四人は俺がこの場にいないかのように無視し、満面に笑みを浮かべ、宴《うたげ》を始めている——これ以上、この場所にいるのは耐えられない。俺は全財産の詰《つ》まったマジック・バッグを掴《つか》むと、黙って酒場を後にした。

こうして俺は五年間所属していたパーティーをあっさりと追放された——。

◇◆◇◆◇◆◇

酔《よ》っ払《ぱら》いの喧噪《けんそう》と一緒に五年間を置き去りにして、俺は酒場を飛び出した。夜の街は浮かれ調子で、明るい大通りは今の俺には眩《まぶ》しすぎる。

だから、裏路地を選んだのだが、カビ臭《くさ》い薄暗《うすくら》がりは余計に気分を滅入《めい》らせた。

いつもは気にもとめない野良犬《のらいぬ》の遠吠《とおぼ》えが、耳の奥《おく》にこびりつく。自分の存在を消し、闇《やみ》に紛《まぎ》れ込もうとフードを被《かぶ》る。

パーティーの拠点《きよてん》に戻《もど》る気はない。大切な物はマジック・バッグにすべて入れてある。

これ以上奴らと関《かか》わる気はないし、適当な宿に転《ころ》がり込むつもりだ。

「どうして俺が追放されなきゃならないんだッ！」

道端《みちばた》の小石を蹴《け》っ飛ばす。小石の跳《は》ねる乾《かわ》いた音が剥《む》き出しの心に反射する。その残響《ざんきょう》音《おん》を俺は拳でギュッと握りしめた。

怒り。後悔《こうかい》。不満。恨《うら》み——いろいろな感情がごちゃまぜになって、俺の気持ちをかき乱す。次々と負の感情が湧《わ》き上がってくるが、感情のコントロールは得意だ。そうでなければ、精霊術は使いこなせない。

大きく深呼吸すると、すえた空気が肺に充満《じゅうまん》する。最低の気分だが、感情を奥底《おくそこ》に叩《たた》き込むには十分だった。

しかし、最低な相手というのは、最低なときに現れるものだ。

「おっ、無能のラーズじゃねえか」

「ちげーよ、お荷物のラーズだよ」

「なに言ってんだ、寄生虫のラーズだぜ」

ニヤニヤと嫌らしい顔で前方から向かってきた冒険者三人組。一七五センチの俺よりも大柄《おおがら》な前衛職の男たちだ。

普段《ふだん》から俺に絡《から》んでくる奴らだ。とはいえ、口だけで手を出してはこなかったので、今まではシカトしてきた。

だが、今日は様子が違った。俺が相手にしないでいると、男たちは俺の前に立ちふさがる。

酒臭《さけくさ》い息が鼻先をかすめ、沈《しず》めたはずの感情が浮き上がる気配を見せた。

「ついに、クビになったんだってな」

コイツらが知っているくらいだ。俺の知らないところで、クリストフは自慢気《じまんげ》に言いふらしていたんだろう。

「無能のくせにここまで来られたんだ。クリストフたちに感謝しろよ」

「オマエみたいな役立たずと組むヤツなんかいねえよ。とっとと田舎《いなか》に帰れよ」

ギャハハハと癇《かん》に障《さわ》る声と舐《な》め腐《くさ》った態度で挑発《ちょうはつ》してきた。俺が手を出さないからと調子に乗ってるんだろう。鬱陶《うっとう》しいが羽虫と一緒だ。真面目《まじめ》に反応するほどの相手ではない。

無視して横を通り過ぎようとしたが、ヤツらは道を塞《ふさ》いできた。ニヤニヤと不快な笑みを浮かべている。

「おっ、なんだやるか?」

ヤツらの一人と視線を合わせると、拳を構えて挑発してきた。酔っ払って気が大きくなってるのか。それとも、『無窮の翼』でない俺なんか相手にならないと思ってるんだろうか。

相手は剣士《けんし》二人に斥候職《せっこうしょく》が一人。支援職の精霊術使い相手なら、切った張ったで負けるはずがないと信じ込《しん》んでいるんだろう。全く、どうしようもないヤツらだ。

だけど、いくらパーティーを追放されたからといって、こんなヤツらの安い挑発に乗るほど落ちぶれてはいない。

コイツらはダンジョン攻略に挫折《ざせつ》した腰抜《こしぬ》けだ。安全な場所で格下モンスターを狩《か》って日銭《ひぜに》を稼《かせ》いでいるだけ。肩書《かたが》きだけ。現役冒険者《げんえきぼうけんしゃ》特有の切れるような気配をまとっていない。

俺はフードを捲《めく》り、男の目をじっと見る。睨みつけるのではない。壁《かべ》に止まったハエを何気なく見る目だ。

恐怖《きょうふ》は全く感じない。髪《かみ》を撫《な》でる生ぬるい空気が気になるくらいだ。

「なんだッ、その目はッ！　ナメんなッ！」

俺の態度が許せなかったようで、一番気の短い男が殴《なぐ》りかかってきた。こうまで思い通りに動かれると、本当に脳味噌《のうみそ》が詰まってるのか心配になる。

怒りに任せた大振《おおぶ》りのパンチだ。気迫《きはく》も全く感じられない。「本当に冒険者か？」と疑いたくなる。こんな欠伸《あくび》が出そうな一撃《いちげき》くらい、目をつぶっていたって躱《かわ》せる。だが——。

「うらあぁ」

俺の顔面を狙《ねら》って放たれたパンチ。首を傾《かたむ》け、男の拳をわざと頬《ほお》にかすらせる。ダメージはないも同然。

「先に手を出したのはそっちだからな。後悔すんなよ」

こんなザコを相手に、こっちから手を出すつもりはない。しかし、向こうから仕《し》掛《か》けてきたとなれば、話は別だ。これで面倒事《めんどうごと》を片づけられる。

パーティーを追放された怒りとコイツらに対する怒り。今まで押《お》さえつけていた蓋《ふた》を取っ払い、怒りを燃え上がらせる。それと同時に、俺は周囲の火精霊に呼びかけた。

怒りとともに呼びかけた精霊たちは、俺の身体《からだ》にまとわりつくように集まり――巨大《きょだい》な火焔《かえん》を噴《ふ》き上げる。赤くうねる巨大な火精霊の塊《かたまり》は、俺が見たことがないほど巨大なものだった。

火精霊も怒《おこ》っている。「やっていい？」「やっちゃう？」という好戦的な意思が伝わってくる。

しかし、それが分かるのは俺だけだ。

精霊はヤツらには見えず、触《ふ》れず、存在すら知覚できない。これこそが精霊術が正当に評価されづらい理由であり、俺がパーティーを追放された口実でもある。

だが、俺は、俺だけは精霊術の強さを知っている。

「やっちまうぞッ‼」

「死ねよ、オラァ!!」

いきり立った残り二人も俺に殴りかかってくる。

俺は火精霊と同調した怒りを爆発《ばくはつ》寸前まで高め、それと同時に、冷静な意思で怒りを制《せい》御《ぎょ》する。ヤツらの攻撃が俺に届く直前、俺は低い声で精霊に伝える。

「――やっちゃえ」

俺の指示を受けた無数の火精霊は思い思いに飛んでいき、四方八方から三人に襲《おそ》いかかる。

殴りかかってきた三人は、ピタッと動きを止め、その場に立ち尽《つ》くす。そして、急に青ざめた顔になり、身体をガタガタと震わせ――その場に尻《しり》もちをついて、へたり込んだ。三人とも先程《さきほど》までの舐め腐った表情は消え去り、その顔は恐怖に染まっていた。火精霊がヤツらの心の火を喰らい尽くしたからだ。

ヤツらを見下ろすと、「ひっ」と情けない声があがる。

精霊は物理的存在ではないので、物理的な影響《えいきょう》は及《およ》ぼせない。火精霊だからといって、人や物を燃やしたりはできないのだ。しかし、相手の精神に作用することはできる。人であれ、モンスターであれ。たとえば、今回のように術者が激しい怒りを持って精霊に命令すれば、攻撃対象を恐慌《きょうこう》状態にできる。特に火精霊は怒りの感情と相性《あいしょう》が良い。

精霊を上手に操《あやつ》るには、感情を昂《たか》ぶらせると同時に、それを理性で冷静にコントロールする必要がある。感情が弱ければ十分な効力を発揮できないし、かといって、感情を制御できなければ精霊を思うように動かせない。精霊術使いは矛盾《むじゅん》する両者を行わなければならない。

恐怖に全身を震わせながら、それでも必死に後ずさりしようとする冒険者ども。三人とも股間《こかん》を暗く湿《しめ》らせていた。無様な姿だ。冒険することを諦《あきら》めた者の成れの果てだ。

サード・ダンジョンまでたどり着けたのだから、それなりの腕《うで》はあったはずだ。

しかし、恐怖と困難に立ち向かう心をなくしてしまえば、このザマだ。今では酔っ払って自分より弱そうな相手に喧嘩《けんか》を吹っかけるくらいしかできない。

情けなく怯《おび》えきったコイツらを見てバカバカしくなった俺はその場を立ち去った――。

その後、適当に視界に入った宿に転がり込み、今夜の寝場所《ねばしょ》を確保した。部屋に入るとすぐに、マジック・バッグを床《ゆか》に下ろし、ベッドに寝転《ねころ》がる。

いつもなら、横になるとすぐに猛烈《もうれつ》な眠気《ねむけ》が襲ってくるのだが、今日に限ってはその気配すらなかった。感情が昂ぶり、興奮している自分を静めるのにはひと苦労する。だが、今後の身の振り方《かた》を考えるために、気持ちを落ち着かせる必要がある。

大丈夫《だいじょうぶ》。俺は精霊術使いだ。感情を落ち着かせることには慣れている。深呼吸を繰り返し、徐々《じょじょ》に気持ちを落ち着かせていく。

「さて、これからどうするか？」

あそこまで虚仮《こけ》にされて、今さらあのパーティーに戻りたいとは思わない。

——でも、俺は諦めない。

冒険者を辞《や》めるという選択肢《せんたくし》はありえない。

俺が冒険者を辞めるのは、俺が死ぬときだ。

五歳のときに、俺はそう誓《ちか》った。

その想《おも》いは今でも変わっていない。

さっきの三人組のように落ちぶれる気は毛頭ない。

問題となるのは、冒険者としてどう活動するかだ。他のパーティーに入れてもらうのか。しばらくはソロで活動するのか。それとも、また新たなパーティーを立ち上げるのか。なかなか考えがまとまらず、寝返《ねがえ》りを打つのにも飽《あ》きてきた頃《ころ》、いつの間にか意識を手放していた――。

◇◆◇◆◇◆◇

気がついたら、俺は真っ白な場所にいた。なにもない空間に老爺《ろうや》が一人、悠然《ゆうぜん》と佇《たたず》んでいる。

この場所にも、このお方にも――見覚えがある。

あれは俺が以前ジョブランクアップしたとき。ということは――期待で胸が高鳴る。

「久しいのう、ラーズよ」と深い叡智《えいち》と泰然《たいぜん》たる奥深《おくぶか》さが響く声。

ただの人間ではない。このお方は――。

「お久しぶりです。精霊王様」

すべての精霊の王たるお方。精霊術使いにとっては、神のようなお方だ。

「二年ぶりかのう。我にとっては、人間にとっての昨日のようなものよ」

「私をお呼びになったということは……」

「うむ。お主の思っている通りだ。お主に更《さら》なる力を授けようと思ってな」

その言葉に俺は喜びに打ち震えた。俺はもっと強くなれる。力さえあれば、俺を追放したアイツらを見返してやれる。

しかし、ひとつ疑問があった。

「どうしてまた、このタイミングなのですか？」

以前、精霊王様と出会い、ジョブランクアップしたのは、ファースト・ダンジョンを踏破した二年前。セカンド・ダンジョン踏破時にはお会いできなかったので、次にお会いするのはてっきりサード・ダンジョンを踏破したときだとばかり思っていた。

「お主の望みと我《わ》が望みが合致《がっち》したからだ。本来ならば、お主に力を授けるのはサード・ダンジョンを踏破した後の予定であった。だが、お主は今、苦境に立たされておるであろう」

「ええ、おっしゃる通りです……………」

精霊王様はすべてお見通しだ。その望みがなんなのかは分かりかねるが、俺にとって今ほど力が必要なときはない。

「力は代償《だいしょう》を要し、責任を伴《ともな》い、孤立《こりつ》を強《し》いる。新しき力を手に入れたお主は険しい道を歩むことになる。半端《はんぱ》な覚悟《かくご》では進めぬ道だ。それでも、お主は力を望むか？」

「はい。どのような道であれ、前に進むだけです。私は冒険者ですから」

俺は即答《そくとう》した。悩《なや》む余地などない。

「お主らしい答えだのう。ただ、気をつけよ。強い力は破滅《はめつ》と紙一重《かみひとえ》。暴走した精霊は術者の魂《たましい》まで喰らい尽くす。そのことは決して忘れるでないぞ。命を燃やすほどの激情に心を任せ、なおかつ、それを冷徹《れいてつ》な理性で制御するのだ。お主ならばきっとできるであろう」

「はい。肝《きも》に銘《めい》じておきます」

「では、お主に力を授けよう」

精霊王様が手を前に伸《の》ばす。その指先から光の玉が飛び出し、俺の身体に吸《す》い込まれる。それと同時に、今まで感じたことがない活力が全身を駆け巡《めぐ》る——。

「これが新しい力………」

感動に打ち震える俺に、厳しくも優《やさ》しい声がかけられる。

「新たな力は精霊を物質に作用させることが可能だ。火精霊で物を燃やすこともできるし、水精霊ですべてを流し尽くすこともできる。それにお主本人に精霊を纏わせることも可能だ。その力、十全に使いこなしてみせよ」

「はい、承知いたしました」

返事をしながらも、精霊王様が語った内容に驚愕《きょうがく》する。

精霊は概念的《がいねんてき》な存在であり、物質に作用することはない。対象の精神にのみ作用できる存在。加えて、術者本人には作用させることができない。それが俺の知る精霊術だ。

しかし、精霊王様の言葉はそれを真っ向から否定するものだった。

「試《ため》しに精霊を纏ってみよ」

「はい」

火精霊を呼び出し、右腕《みぎうで》に纏わりつくよう命ずる。すると、燃え盛る炎《ほのお》が右腕を包む。熱さは感じない。

しかし、この右腕で攻撃すれば、攻撃対象を燃やせる――そう直感できた。

「凄《すご》いっ………」

「今のお主は自分の声を精霊に届けられる。なにか言葉で命じてみよ」

「はっ、はい」

右腕の火精霊に語りかける。言葉は心の内から自然に浮かび上がった。

『火精霊よ、球と成りて翔《と》び出せ――【火球《ファイア・ボール》】』

途端《とたん》、右腕から三〇センチほどの火球が飛んでいく。俺がイメージした通りの大きさ、速さ、軌道《きどう》そのものだ。

「すっ、凄い！」

この能力があれば、味方をサポートするだけでなく、精霊《せいれい》を飛ばして遠距離攻撃《えんきよりこうげき》もできる。

それだけじゃない。前衛で直接戦闘することもできるし、精霊の壁で壁役《タンク》もできる。回復こそできないものの、それ以外は万能《ばんのう》じゃないか！

「精霊はお主の心を感じ取り、言葉を理解する。これからは精霊にたくさん話しかけよ。さすれば、お主の精霊魔法《まほう》はその分だけ成長するであろう」

「はっ、はい。そのように心がけます」

早速《さっそく》、俺は右腕の火精霊に感謝の気持ちを伝える。火精霊は俺の気持ちを理解したようで、フルフルと震えてからスッと離《はな》れた。気のせいか、嬉しがっているように見えた。

「どうだ、これがお主の新しい力だ」

「本当にありがとうございます」

パーティーを追放され、すべてを失ったと思った。だけど、精霊王様はどん底の俺を救ってくださった。この恩は死ぬまで忘れない。

「構わぬ。お主に力を与《あた》えたのは、我にとっての保険でもある。まだ確証はないのだが、お主の力が必要になるやもしれん」

精霊王様の声に含《ふく》まれる重さにゴクリと息を呑《の》む。

だが、選択《せんたく》を後悔する気持ちは全くない。

「まずは『始まりの街』に向かうがよい」

「『始まりの街』ですか？」

「そうだ。もう一度、最初から五大ダンジョン攻略に挑むのだ。すべての記録を消して、最初からやり直すのだ」

「…………………」


最初からやり直す？

すべての記録を消す？


その意図を理解しかねて黙っていると、精霊王様はさらに続けた。

「やり直す理由はふたつある。ひとつ目は真の仲間と出会うため」

「真の仲間ですか……」

「この先の道、一人では進めぬ日が来る。命を預けられる真の仲間を見つけるのだ」

クリストフたちは真の仲間ではない――精霊王様はそうおっしゃっているようだった。

「ふたつ目の理由だが、精霊術使いとして、お主は本当の意味ではダンジョンをひとつも攻略していないからだ」

「えっ⁉」

「精霊王は我一人ではない。我以外にも四人の精霊王が存在する。ヤツらはダンジョンにおる。ヤツらを探し出し、出会うのだ。それができて初めて、真のダンジョン制覇《せいは》と言える。そのためには、すべての記録を消してやり直す必要がある」

「記録とは、チェックポイントの記録ですか？」

「ああ、そうだ」

ダンジョンに関する記録といえば、チェックポイント登録だ。ダンジョンの各所にはチェックポイントと呼ばれる場所がある。冒険者タグにチェックポイントを登録することによって、チェックポイントへ転移が可能になる。

それを消すということは、本当にゼロからダンジョン攻略《こうりゃく》をやり直すことを意味する。そうすべき理由は分からないが、精霊王様の言葉であるならば、従う以外の選択肢はない。

「分かりました」

肚《はら》は決まった。

とりあえず『始まりの街』に戻り、もう一度最初からダンジョン攻略をやり直す。

真の仲間を求め、四人の精霊王様たちを探し、真のダンジョン踏破《とうは》を目指す。

どうしようか悩んでいた俺《おれ》に、精霊王様は行動の指針まで与えてくれたのだ。感謝してもしきれない。

「それでは、お主の健闘《けんとう》を祈《いの》っておるぞ」

「必ずや」

「精霊とともに――」

「精霊とともに――」

その言葉を最後に、眩《まばゆ》い光に包まれ、意識が薄《うす》れていった――。

◇◆◇◆◇◆◇

目を覚ましたのは、夜が白み始めた頃だった。俺は慌《あわ》ててベッドから飛び起きる。

精霊王様との出会い。夢だったのかどうか。

確かめるために、俺は首から下げた冒険者《ぼうけんしゃ》タグを掴み、「ステータス・オープン」と念じる。

□□□□□□□□□□□□□□□□□□□□

【名前】ラーズ
【年齢《ねんれい》】20歳《さい》
【人種】普人種
【性別】男

【レベル】205
【ジョブ】精霊術士《せいれいじゅつし》↓精霊統《せいれいとう》（NEW！）
【ジョブランク】2↓3（UP！）
【スキル】
・索敵　レベル4
・罠《わな》対応　レベル4
・解錠《かいじょう》　レベル4
・体術　レベル2
・短剣術《たんけんじゅつ》　レベル2

・精霊使役《せいれいしえき》　レベル9→10（UP！）
・精霊纏《せいれいてん》　レベル1（NEW！）

□□□□□□□□□□□□□□□□□□□□□□

「夢じゃなかった！」

ステータスに歴然と刻まれているジョブランク3の【精霊統《せいれいとう》】。俺は間違《まちが》いなくジョブランクアップしたのだ。

かつて一冊の書物で知った【精霊統】の名。一〇〇〇年以上前に一人だけ存在した【精霊統】。

俺は伝説的なジョブになったのだ。『無窮の翼《つばさ》』のヤツらよりも、遥《はる》かにレアなジョブ。

その名を知った日から「いつか俺も」と待望していたジョブだ。

俺の周りを精霊たちが軽《かろ》やかに飛び回る。きっと俺を祝福してくれているのだろう。

今までより精霊たちを身近に感じる。それに、俺の周りを漂《ただよ》う精霊たちの数が増えている。

「ははっ、ありがとうな」

俺の言葉に精霊たちはふるふると揺《ゆ》れて喜びを伝えてくる。

もう一度、ステータスに目を向ける。

以前からあった精霊術使いとしての唯一《ゆいいつ》のスキル【精霊使役】がレベル9からレベル10に上がっている。

そして、新たなスキル【精霊纏《せいれいてん》】。このスキルのおかげで、物理的に攻撃《こうげき》したり、自分に纏わせたりできるようになったのだろう。

感動に打ち震える。そして――追放されたことなんか、どうでもよくなった。たしかに、腹は立つ。だが、それよりも、これからの新しい生活が楽しみで仕方がない。

「やばい、急がないと」

ランクアップの余韻《よいん》にゆっくりと浸《ひた》っていたいところだが、朝イチの馬車でとっとと出発したい。だけど、その前にひとつやり残したことがある。

この街で過ごして半年。それ以前からの知り合いも含め、お世話になった人は少なくない。中でも一人、特に親しい冒険者がいる。

知り合って三ヶ月だが、大切な人だ。できれば会って直接別れを告げたかったのだが、これればかりは仕方がない。他の人には伝言だけで済ますことになるが、彼女にはちゃんと別れの手紙を書きたい。

俺は急いで、だが、雑にならないように手紙を書き上げると階段を駆《か》け下り、受付で船を漕《こ》いでいる宿屋のオヤジを横目に宿を飛び出す。

街が目を覚ます前のこの時間が好きだ。街は影《かげ》を追い払《はら》うのに精一杯《せいいっぱい》で、大通りを疾走《しっそう》する俺に無関心だから。

冒険者ギルドに飛び込《こ》み、カウンターへ向かう。受付嬢《うけつけじょう》が声をかけるよりも先に――。

「伝言を頼《たの》む。俺の所在を尋ねられたら、『始まりの街からやり直す。すぐ戻ってくるから待ってろ』って伝えてくれ」

「はっ、はい」

「それとすまないが、この手紙を『破断の斧《おの》』のシンシアに渡《わた》してくれ、釣《つ》りはいらん。半年間、世話になった。感謝する」

「あっ、ちょっと、ラーズさん――」

俺は五〇〇ゴル硬貨《こうか》をカウンターに置くと、返事も待たずにギルドを後にする。

街外れの馬車乗り場を目指して走り始めてから、俺は気がついた。

――そうだっ！　自分に精霊術をかけられるようになったんじゃないか。

風精霊に頼んで加速してもらうイメージを頭に描《えが》くと、自然と詠唱文《えいしょうぶん》が思い浮かんだ。

『風精霊よ、我を纏い、加速せよ──【風加速《ウインド・アクセラレーション》】』

　風に背中を押され、俺の走りはグングンと加速していく。流れる街並み──こりゃ、凄い。

　結局、馬車乗り場まで五分もかからなかった。しかも、息切れひとつしていない。俺が授《さず》かった力は思っていた以上に凄い。

「おい、オヤジ、『始まりの街アインス』まで一人だ」

　馬車乗り場は街より早起きだ。受付であくびを噛《か》み殺しているオヤジに話しかける。

「二〇〇〇ゴルだよ」

「出発はいつだ」

　俺は料金をオヤジに握《にぎ》らせて急《せ》かす。

「もう出るところだ。さっさと乗っておくれ。アインス行きは三番だよ」

「ああ、分かった」

　オヤジから札を受け取り、馬車へ向かう。馬車に乗るのも半年ぶりだ。

　次に乗るのはもっと先、行き先もフォース・ダンジョンだと信じていた。

　まさか、また『アインス』に戻ることになるとはな。

街中の方を向き、半年お世話になった街に別れを告げる。

「バイバイじゃない。またな。すぐに戻ってくる。待ってろよ」

「ラーズ」

聞き覚えのある声に呼ばれ、振《ふ》り返る。

「えっ？　どうしてここに？」

「よかった――会えた」

オレンジ色の朝日の中で、ひときわ眩い彼女。

全く想定していなかった事態。

完全に動転している俺の頭に浮《う》かぶのは「書いた手紙が無駄《むだ》になっちゃったな」ということだけだった。

間話一　新規メンバー勧誘《かんゆう》

ラーズが酒場を去った後、店内はシンと静まりかえる。

この場にいる者たちは『無窮《むきゅう》の翼』のテーブルにチラチラと視線を向け、ヒソヒソと小声で会話している。この調子では、明日には街中にラーズの追放が広まっているだろう。

そんな中、当事者である『無窮の翼』のメンバーたちは、仕切り直して宴を再開した。

「改めて乾杯《かんぱい》だな」

「おう」

【勇者】クリストフがなみなみとエールが注《つ》がれた陶器製《とうきせい》のビアマグを持ち上げると、【剣聖《けんせい》】バートンもビアマグを掲《かか》げた。

「ほらっ、クウカも」

「はっ、はい」

ワンテンポ遅《おく》れて【聖女】クウカが従う。

【賢者《けんじゃ》】ウルは無言でビアマグを持つが、いつもと変わらず、なにを考えているか分からない無表情だ。

「乾杯だ」

「おう」

「カンパーイ」

「………………」

乾杯の合図でエールを流《なが》し込み、空になったビアマグ。テーブルとビアマグが鳴らした音は小さく、静かに目を閉じたクリストフには届かない。

――やっとだ。やっと、この日が来た。これまで、ずっと我慢《がまん》していたが、やっと果たせた。

湧き上がる達成感は心地《ここち》好《よ》い酔気と混ざり合い、じんわりと全身に浸透《しんとう》する。

ここに至るまで長い長い道のりだった。策を凝《こ》らし、機を計り、万全《ばんぜん》の体制を整え、ようやく悲願が達成された。

彼《かれ》の意識は深く沈み、過去へと思いを馳《は》せる――。

クリストフが物心ついたとき、隣《となり》にはラーズがいた。二人は同じ村で生まれ育った幼馴《おさなな》染《じみ》だ。

五歳になったラーズが「冒険者を目指す」と言ったとき、クリストフの劣等感《れっとうかん》が生まれた。

村では毎日、冒険者の真似事《まねごと》をして棒きれを振り回したが、クリストフはラーズに勝てなかった。冒険者になるために村を離れるまで、一度も勝利を得られなかった。

冒険者となってからも偉《えら》そうに指図されてばかり。そんな屈辱《くつじょく》に彼はずっと耐《た》えていた。

ラーズが名前をつけ、メンバーを集めて立ち上げた『無窮の翼』。当然のようにラーズがリーダーを務めてきたが、それもクリストフは許せなかった。

——なんで、俺がアイツの下につかなきゃいけないんだっ！

鬱屈《うっくつ》した思いは時間をかけて黒く濁《にご》り熟成される。それが爆発する切っ掛《か》けは半年前——セカンド・ダンジョン『風流洞《ふうりゅうとう》』をクリアした時だった。

ラーズはジョブランク２のまま、しかも、不遇職《ふぐうしょく》の【精霊術士】。

それに対して、クリストフはジョブランク３に昇格《しょうかく》、それも、数十年に一人と言われるユニークジョブ【勇者】だ。

クリストフにとって一五年間で初めての勝利だった。

——【勇者】である俺こそが、リーダーに相応《ふさわ》しい。みんな俺の下につくべきだ。

それからは慎重《しんちょう》に事を進めた。ラーズに気づかれないように、時間をかけて他のメンバーに「クリストフこそリーダーに相応しい、ラーズは役立たず」と思うように誘導《ゆうどう》していった。

単細胞《たんさいぼう》なバートンは簡単。

クウカはクリストフに異を唱えない。

ウルは興味なし。

万全に根回しも済ませ、ようやく今日になってラーズを追い出せたのだ。

クリストフの意識は現在に戻《もど》り、閉じていた目を開ける。

「それにしても、さっきのラーズの表情は最高だったな」

彼は心の中で「ざまあみろっ！」と続ける。

「ああ、笑えたな」とバートンが言い、「ええ、そうでしたね」とクウカが追従する。

追放した本当の理由はクリストフの復讐心《ふくしゅうしん》。ラーズが精霊術使いだとか、ジョブランク2だとか、攻略が停滞《ていたい》しているだとか、全部後付けの理由だ。

ラーズが自分より下であると示し、惨《みじ》めな思いをさせたかっただけ――それを知るのはクリストフのみだ。

「さて、役立たずはクビにできたし、新メンバー勧誘に行くか」

「おう」

ちょうど区切りがついたところで、クリストフが切り出し、バートンが応じる。

ラーズの後任候補は既《すで》に決まっている。『疾風怒濤《しっぷうどとう》』のロンという男。前衛アタッカーで、ジョブランク3の【アサシン】だ。

自分たちに不足しているのは火力――クリストフはそう考えていた。そして、自分たちに相応しいのはジョブランク3の人間だ。人間性も考慮《こうりょ》すると、ロンが最適だった。

彼を迎《むか》え入れるために、二人は酒場を後にした――。

『疾風怒濤』の拠点《きょてん》を訪ねると、明らかに歓迎《かんげい》されていない態度で招き入れられた。

応接室に案内されるが、ほったらかしで三〇分以上も待たされる。

クリストフは自分が待たせるのは平気でも、待たされるのは我慢ならない。

それに加えて、応接室の調度品も気に食わない。自分たちの拠点よりも上質で高価だ。

『疾風怒濤』の拠点が自分たちの拠点よりも上であることが癇に障る。

ちっぽけな自尊心が踏《ふ》みにじられて怒《いか》りが湧《わ》くが、顔には出さない。

クリストフより短気なバートンは耐えきれず、膝《ひざ》を小刻みに動かし、舌打ちを繰《く》り返していた。

これが格下相手であれば、今すぐに部屋を飛び出して、怒鳴《どな》りつけていただろう。散々待たされた後、二人の男が入ってきた。慌てる様子も、悪びれた様子もない。

先頭はロンではなく『疾風怒濤』のリーダーにしてジョブランク3の【魔導士《まどうし》】マクガニー。目当てのロンは、彼の後ろに従っている。

二人ともラフな普段着《ふだんぎ》姿であるが、マクガニーはワンドを、ロンは短剣を腰《こし》に差していた。

マクガニーは魔法職であり、薄い身体つきながらも、パーティーリーダーらしいどっしりとした貫禄《かんろく》を備えている。

ロンは【アサシン】らしい剥《む》き出しの刃物《はもの》のような、ヒリヒリとした隙《すき》のない気配を漂わせている。

どちらも二〇代半ば、全員二〇歳になったばかりの『無窮の翼』からしたら年上の先輩《せんぱい》。そして、年齢だけではなく、ダンジョン攻略でも上を行く先達だ。

格上の強者である二人の登場はこの場を支配し、その威圧感《いあつかん》にクリストフとバートンは気圧《けお》され、たじろいだ。

向かいのソファーに腰を下ろすと、リーダーであるマクガニーが口を開く。

「やあ、お待たせしたね。それで、今日はなんの話だい？」

作り物めいた笑《え》みを貼《は》り付けているが、その目は笑っていなかった。

——大丈夫、俺は【勇者】だ。俺の方がエラいんだ。コイツら相手にビビる必要なんかない。

マクガニーの圧に呑まれかけたクリストフは、自分を叱咤《しった》し、口を開いた。

「話があるのはアンタじゃない。隣のロンだ」

「ほう。そう言っているが、ロンはどう思う？」

「俺はコイツらに用はない。痛くもない腹を探《さぐ》られたくないから、リーダーに同席してもらうだけだ。それで都合が悪いなら、お引き取り願おう」

「当人はこう言ってるけど？」

「ふっ。そっちがそう言うなら、こっちはそれで構わないぜ。そもそも、ロンだけに話をしようと思ったのは、アンタに恥《はじ》をかかせないためだしな。こっちの善意を無視したんだから、後悔《こうかい》しても知らないぞ」

「ほう。恥をかくねえ。それはそっちじゃないの？」

クリストフが睨《にら》みつけるが、マクガニーはどこ吹《ふ》く風だ。

「で用件は？」

「では、率直《そっちょく》に言おう。ロン、うちのパーティーに入らないか？　丁度、空きができたところだ。こんなチャンス、今を逃《のが》したら次はないぞ」

「断る」——即答だった。

クリストフの顔つきが変わる。

「はっ？　なんでだ？　アタマおかしいのか？　【勇者】である俺が誘《さそ》ってやってるんだぞ？　たしかに、今はそっちの方が進んでいるが、実力は『無窮の翼』の方が勝っている。すぐに追い抜《ぬ》かすぞ。そうなってから『入れてくれ』って懇願《こんがん》しても遅《おそ》いぞ」

「だから、断ると言っている」

「はあああああ？？？　バッカじゃねーの？？？」

まさか断られるとは思っていなかったクリストフが大声を上げる。

「バカはそっちだろ、勇者サマ」

「なんだとっ⁉」

横からマクガニーが冷め切った、感情のない口調でクリストフを煽《あお》る。

煽られたクリストフは激高して立ち上がり、分厚いテーブルを殴《なぐ》りつけた。

テーブルは最高級の世界樹素材で作られ、魔力《まりょく》コーティングされており、傷ひとつつかなかった。

「おいおい、高いんだから気をつけてくれよ。勇者サマの稼《かせ》ぎじゃ弁償《べんしょう》できないんだから」

「あっ⁉」

「ああ、傷つけるほどの力はなかったか」

あからさまな煽りだ。

怒りに震《ふる》えるクリストフにゴミを見るような視線を向け、マクガニーが言葉を続ける。

「オマエら、ラーズを追い出したんだってな」

「ああ、無能の役立たずだから追放してやったんだよ」

「それがバカだってんだよ」

「はあ⁉」

「なんだと、おいっ！」

今まで我慢していたバートンも虚仮にされて耐えきれず、勢い良く立ち上がる。

それだけでなく、テーブル越《ご》しにマクガニーに掴《つか》みかかろうとし——喉元《のどもと》に短剣を突《つ》き付けられる。

「座《すわ》れ」

短剣を突き付けたロンは、威圧を込めて冷たい声で命令する。

「あっ、ああ……」

バートンはロンの動きが全く見えなかった。恐怖《きょうふ》の中、なんとかロンに視線を向ける。

少しでもムダな動きをすれば刺《さ》す——深い闇《やみ》のようなロンの視線がそう告げていた。

背中に流れる冷たい汗《あせ》を感じながら、バートンはおとなしくソファーに座る。

「オマエもだよ、勇者サマ」

「チッ……」

ロンが今度はクリストフに命じる。

クリストフは短剣を一瞥《いちべつ》すると、舌打ちしながら従った。

「そもそも、ともに死線をくぐり抜けてきたメンバーを簡単に追放するようなリーダーに誰《だれ》がついていくんだい？」

「くっ……」

「それに、誰がどう見たって『無窮の翼』の要《かなめ》はラーズだよ？　ウチに空きがあったら、頭下げてでも入ってもらいたいくらいだ。そんなことも分かってないのかなあ？」

「違《ちが》うっ！　アイツは役立たずの能なしだっ！」

「そう思いたいんなら、勝手に思っていればいいよ。すぐに思い知ることになる」

「そんなわけがないっ!!　アイツはジョブランク２、しかも、使えない【精霊術士】なんだぞっ！」

「それが？　ジョブが良ければ優秀《ゆうしゅう》な冒険者だとでも思ってるのかい？」

「ああ、そうだ。クズジョブを追放して、まともなジョブランク3を入れれば、俺たちはさらに強くなる。オマエたちなんか、あっという間に追い抜かしてみせるっ！！」

「おお、威勢《いせい》がいいねえ。だが、吠《ほ》えるだけなら仔犬《こいぬ》でもできる――」

マクガニーの顔から作りものの笑みが消え、声は一段と低くなる。

「――冒険者だったら結果で示せよ」

二人の視線がぶつかる。

「ああ、やってやるよっ！　そんときになって、吠え面《づら》かくんじゃねえぞっ！」

売り言葉に買い言葉でクリストフは再度テーブルに拳《こぶし》を打ち付ける。

「じゃあ、お引き取り願おうか」

「チッ、行くぞ」

「おう」

来たときとは真逆。不機嫌《ふきげん》な態度で、二人は『疾風怒濤』の拠点を後にした。

二人は黙《だま》って歩く。夜風に頭を冷やされ、落ち着きを取り戻した頃、バートンがクリストフに尋《たず》ねる。

「おい、どうすんだよ。あてはあるのか？」

「…………」

『無窮の翼』が、【勇者】である俺が誘えば、誰でも頭を下げて「入れてください」と懇願する──クリストフはそう思《おも》い込んでいた。まさか断られるとは思ってもみなかったので、第二候補は考えていない。しばらく考《かんが》え込んでから、苦渋《くじゅう》の決断を下す。

「チッ……仕方ない。ジェイソンにするか」

「ジェイソン？　誰だ、ソレ？」

「『破断の斧』のリーダーだ」

「強《つえ》えのか？」

「ジョブランク３の【戦斧闘士《せんぷとうし》】だ」

「平凡《へいぼん》なジョブじゃねえか」

「ああ」

「ラーズよりはよっぽどマシだが、俺たちについてこられないだろ……」

「他に適任がいるか？」

　そう言われても、自分たち以外はみんな格下と舐《な》めているバートンは代案を思いつかない。

「ダメだったら、また追い出せばいいだけだ」

「……分かった。オマエがそう言うんなら、それでいい」

第二章　再出発

ラーズが追放された日の夜遅《よるおそ》く。

同じ街に滞在《たいざい》している冒険者パーティー『破断の斧』の拠点。

メンバーの一人である【回復闘士《とうし》】シンシアは、自室のベッドに横になっていた。

ダンジョン装備から普段着に着替《きが》え、ダンジョン攻略時には結《ゆ》わえている金髪《きんぱつ》も解《ほど》かれている。

くつろぐ時間のはずが、周囲の精霊が普段《ふだん》とは違いざわめいているのが気になり、どうも落ち着かなかった。

彼女《かのじょ》は精霊術使いではないが、特別なスキル【精霊視】の持ち主だ。精霊の姿が見えるだけではなく、なんとなく精霊の感情を理解できた。

「どうしたんだろう……」

不思議に思いながらも、シンシアは精霊術の使い手であるラーズのことを思い出す——。

二人の出会いはダンジョンだった。

よくある話ではあるが、ピンチに陥《おちい》ったシンシアたち『破断の斧』をラーズたち『無窮《むきゅう》の翼』が助けたのだ。この街で若手最有力とみなされているだけあって、彼らは強かった。

敵の攻撃を華麗《かれい》に避《さ》け、双剣《そうけん》を矢継《やつ》ぎ早《ばや》に繰り出す【勇者】クリストフ。

大剣を振り回し、複数の敵を力でまとめて薙《な》ぎ払う【剣聖】バートン。

傷ついた私たちの怪我《けが》を瞬時《しゅんじ》に完全回復してしまう【聖女】クウカ。

強力な範囲魔法《はんいまほう》で一瞬《いっしゅん》にして敵をまとめて葬《ほうむ》り去る【賢者】ウル。

そして、後ろから彼らのサポートをする【精霊術士】のラーズ。

『破断の斧』のメンバーは皆《みな》、彼らの強さに惹《ひ》かれた。彼らに憧《あこが》れた。

他のメンバーが惹かれたのは、華々《はなばな》しく戦場で活躍《かつやく》するラーズ以外の四人だ。

しかし、シンシアは違った。

「綺麗《きれい》……」

【精霊視】を持つ彼女だけが見えたのだ――ラーズの指揮の下、華麗に飛び回る精霊たちの姿が。

美しかった。ただただ、美しかった。

シンシアは心を奪《うば》われた。美しい精霊たちの舞《まい》に。そして、なによりも、精霊たちを自在に操《あやつ》るラーズの姿に――。

その日から、シンシアの中である気持ちが大きくなっていった。

――いつか一緒《いっしょ》に戦ってみたい。ラーズと、精霊たちと。

とはいえ、二人は別パーティー。今日までシンシアの思いは叶《かな》うことはなかった。

温かく切ない思い出はノックの音で霧散《むさん》する。

「シンシア、リーダーが呼んでる」

「えっ、こんな時間に？」

「なんか、深刻な話みたい」

「分かった、すぐ行く」

仲間のエルフ女性の声はいつになく、真剣味《しんけんみ》を帯びていた。

精霊がひときわ強くざわめく。不安を抱《かか》えて、シンシアはリビングに向かった――。

「俺のワガママですまん、今日でウチのパーティーは解散だ」

何事かとリビングにメンバー五人が集まったところ、リーダーであるジェイソンの第一声がこれだった。

「どういうことだ？」とサブリーダーの魔術師《まじゅっし》が問いかける。

「実は今日、『無窮の翼』に入らないかって誘われてな。みんなには申し訳ないが、俺はこの話を受けることにした」

『破断の斧』はその名の通り、斧使いであるジェイソンが率いるパーティーだ。彼はパーティー唯一のジョブランク3である【戦斧闘士】、他のメンバーは皆ジョブランク2だ。

『破断の斧』は名実ともにジェイソンのパーティーだった。

「誰の代わりですか？」

皆が黙る中、シンシアが尋ねる。

ダンジョン攻略においては、ボス部屋などの人数制限があるため五人パーティーが絶対だ。ジェイソンが加入するということは、誰かが抜けたということ。

「ラーズだ。実力不足だから追放したそうだ」

「ラーズが……」

「無責任なのは重々承知している。だけど、こんなチャンス二度とない。分かってくれ」

ジェイソンが頭を下げる。そして、「俺は今夜のうちにここを出る。後は任せた」と言い残すと、そそくさとその場を後にした。

取り残された四人の間に重苦しい空気が流れる――。

『無窮の翼』からの勧誘。誰でも飛びつきたくなるだろう。

しかし、頭ではそれが分かっても、気持ちが割り切れるかというと、それはまた別問題だ。他のメンバーの顔に浮かんでいるのは驚《おどろ》き、不安、そして、無責任なリーダーへの怒りだった。

重苦しい沈黙《ちんもく》が流れ、やがて、エルフ女性が重い口を開いた。

「ねえ、どうするのよっ？」

「俺は……田舎《いなか》に帰る。今日で冒険者は廃業《はいぎょう》だ」

答えたのは魔法使いの男。

「なっ、どうしてよっ！　私たちだけでもやり直そうよ」

「少し前から限界を感じていたんだ」

「そんな……」

「それでも、みんなが頑張《がんば》っている中、俺だけ抜けるなんてワガママ言えなくてな」

「…………」

「すまない……」

喜んで抜けていったリーダー。

責任を感じて、今日まで残っていたメンバー。

その対比に、エルフ女性はあらためてジェイソンへの怒りを抱《いだ》く。

そして、続いては――。

「俺《おれ》も辞《や》めるわ。なんかプツンと糸が切れた」

盾職《たてしょく》の男だ。

「そんなっ、アンタまでっ！」

「みんなが好きだから、ここまでやってこられた。今さら、他のヤツらと冒険《ぼうけん》する気にはなれない。どっかの街で守衛でもやるわ」

「そんな……二人とも………」

エルフ女性はその場に泣き崩《くず》れる。

だが、シンシアは別の反応を示した。彼女にとって、リーダーの解散宣言は渡りに船だった。

――これでラーズを追いかけられるっ！

シンシアの心の中には、ラーズと一緒に冒険したいという思いが燻《くすぶ》っていた。だが、彼女にとっては仲間たちも同じくらい大切。引退を宣言した二人と同じように、仲間をおいて自分勝手に抜けるつもりはなかった。

だが、状況《じょうきょう》が変わった。もう、気兼《きが》ねはいらない。

「私も抜けます。今までお世話になりました」

「ちょっと、シンシアまで……」

エルフ女性が引き留めようとするが、

「行きたいところがあるんだろ？」

「好きにさせてやるべきだよ」

「……そうね」

最終的には彼女も納得《なっとく》し、『破断の斧』は解散した——。

——待っててね、ラーズ。

シンシアもラーズ同様、新たな道を歩き始める。

◇◆◇◆◇◆◇

『始まりの街《アインス》』行きの馬車に乗り込もうとしたところで、「ラーズ」と聞き覚えのある声で呼び止められ、俺は振り返る。

品格を示す――金。
情熱を示す――赤。
純潔を示す――白。

三つの色彩《しきさい》が収束し、朝日の中に一人の女性が浮かび上がる。

スラリと伸《の》びた手足に朝日を浴びて輝《かがや》く金髪。赤と白の戦乙女舞闘装《バトルドレス》。

「よかった――会えた」

「シンシア……」

どうして彼女がここに？

目から入る情報を受け入れるのに脳が戸惑《とまど》っている間に、シンシアが駆け寄り、そのまま飛び込むように抱きついてくる。

「ラーズ………よかった。間に合った」と笑顔の隙間《すきま》からひとすじ零《こぼ》れ、彼女の声を震わせる。

目だけではなく、肌《はだ》からも困惑《こんわく》が押《お》し寄せ、感覚が思考を止める。

俺の胸に顔をうずめ、涙《なみだ》を流す彼女。軽く抱きしめるので精一杯だ。

しばらく泣いていた彼女はようやく落ち着きを取り戻し、俺の胸から離《はな》れる。

「ごめんね……ちょっと感情が昂《たか》ぶっちゃって」

俺より少し年上だけど、その表情には無垢《むく》な少女が健在だ。

「どうしたの、一体？」

「ラーズに会いたくて、追いかけてきちゃった」

ペロッと舌を出して、いたずらっ子のように微笑《ほほえ》む。

そこに「おーい、出るぞ。イチャついてないで乗ってくれ」と馬丁《ばてい》の無粋《ぶすい》な声がかかる。

「とりあえず乗ろう」

「ええ、そうね」

急かされるようにして、馬車に乗り込む。

馬車が動き出し、揺《ゆ》れるリズムに合わせて、鼓動《こどう》が落ち着いていく。

街から離れ、旅立ちの匂《にお》いが漂《ただよ》う頃《ころ》になって、ようやく理性が感情を落ち着かせた。

それでも感情は顔を覗《のぞ》かせようとするが、なんとか言葉を紡《つむ》ぐ。

「パーティーはどうしたの？」

「うちのパーティー、解散しちゃった」

「えっ⁉」

シンシアの口から『破断の斧』解散の経緯《けいい》が語られる。まさか、ジェイソンが俺の後釜《あとがま》だとは……。

彼は優秀な冒険者《ぼうけんしゃ》だが、果たして『無窮の翼《つばさ》』に馴染《なじ》めるのだろうかと不安になる。

いや、もう、俺が心配する必要はないんだ。『無窮の翼』は俺にとってはもう過去だ。ヤツらがどうなろうと知ったことじゃない。

今はそれより、シンシアだ。

「アインスへ向かうってことは、また最初からダンジョン攻略《こうりゃく》するんだよね？　冒険者を諦《あきら》めたわけじゃないんだよね？」

「ああ。ゼロからやり直す」

「じゃあ、私と組もう？」

「ああ、一緒に頑張ろう！」

考える間もなく、口から賛同の言葉が出ていた。

理性の指の間から、感情がスルッと飛び出てきたようだ。

自分でも驚きだった。多分、嬉《うれ》しかったんだろう。

食い気味に大声で返事した俺に、シンシアはビックリしたようだが、すぐに破顔一笑《はがんいっしょう》。

「じゃあ、これからよろしくねっ！」

「ああ、こちらこそ、よろしく！」

パーティー結成の証《あかし》に、俺たちは固く握手《あくしゅ》を交《か》わした。

握手とともに、感情を握《にぎ》り潰《つぶ》せたようで、ようやく頭が働き始めた。理性が感情に言い訳したいようだ。

彼女の人柄《ひとがら》はよく知っている。優《やさ》しくて、気遣《きづか》いもでき、ウィットに富んでいる。彼女となら、楽しいパーティーになるだろう。

それに、彼女が回復魔法の使い手であることも、うってつけだ。ジョブランク3の【精霊統《せいれいとう》】になって、色々できるようになった俺だけど、回復だけは自分ではできない。その点を補ってもらえるのは大助かりだ。

戦力として考えても、彼女なら十分だろう。シンシアは自分の身は自分で守ることができる。一度だけ、彼女が戦う場面を目撃《もくげき》したことがある。格上のモンスターに襲《おそ》われ、パーティーは崩壊《ほうかい》しそうだったが、彼女はメイスを振るって敵を牽制《けんせい》しながら、傷ついた仲間たちを回復魔法で癒《い》やしていた。ギリギリのところで全滅を免《まぬが》れたのは、彼女の働きが大きかった。

彼女のジョブは【回復闘士】。回復魔法を使えるだけではなく、メイスを持って直接戦《せん》闘《とう》もこなせるジョブだ。ジョブランクは2で、彼女自身は謙遜《けんそん》しているが、並みのランク3に比肩《ひけん》する戦闘センスを持っている。安心して隣《となり》で戦える相手だ。

つらつらと彼女と組むメリットを挙げていくが、「ふ～ん、それで」と些事《さじ》にしか思えない。

彼女に誘われた。俺は快諾《かいだく》した。それ以上の言葉はいらない。

まだまだ喋《しゃべ》り足りないと主張する理性を横にどけて、会話を続ける。

「でも、シンシアはなんで俺のところへ？　シンシアなら引く手あまたなんじゃない？」

【回復闘士】は【精霊術士】のような不遇職ではない。むしろ、その需要《じゅよう》は高く、彼女の実力と実績があれば、引く手あまただ。

「ラーズと組みたかったから。それじゃ、ダメ？」

「いや、十分だ……」

野暮《やぼ》な問いかけだった。彼女の言うように、パーティーを組むのは、それ以上でもそれ以下でもない。

過去に固執《こしつ》して、その本質を忘れた結果が、この追放だ――。

「最初はね、助けてもらったときなんだ――」

彼女との出会いは、『無窮の翼』が『破断の斧《おの》』のピンチを救ったとき。

他のメンバーたちは、華々しい活躍をした俺以外のメンバーに群がった。

だけど、シンシアだけは別だった。俺にお礼を言ってくれたのは、彼女だけだった。

「私ね、見えるんだ」

「もしかして？」

精霊を見ることができるのは精霊術の使い手のみ。唯一《ゆいいつ》の例外が――。

「うん。【精霊視】」

「マジか……」

精霊術の使い手よりもレアと言われる【精霊視】のスキル。そのスキルを彼女が持っているとは……なるほど、合点《がてん》がいった。

彼女には戦闘中、俺が何をしていたのか見えていたのか。だからこそ、俺を、俺の精霊術を認めてくれたのか。

「うん。今もラーズの周りを精霊たちが舞《ま》っているのが見えるよ」

そっと、伸ばした彼女の手の周りで、精霊たちが軽《かろ》やかにダンスする。

「そのときからずっと、惹かれてるんだ。精霊たちとそれを自在に操るラーズに。えへへ」

精霊は正直で、感情に敏感《びんかん》だ。精霊たちもシンシアを歓迎している。

「ずっと、一緒に戦いたかったの。ラーズとラーズの精霊と」

「嬉しいよ。俺も精霊術も今までちゃんと評価されなかった。いや、最初の頃は『無窮の翼』のメンバーも評価してくれてたよ。だけど、そのうち、誰も評価しなくなった」

「精霊が見えなくても、ラーズの重要性は分かると思うんだけど」

「あはは。そんな中で、シンシア、君だけが俺の精霊術を評価してくれてた。凄《すご》く嬉しいよ」

「大丈夫《だいじょうぶ》だよ。これからは私が隣《となり》で見てるから。だから、二人でみんなを見返してやろうよ」とシンシアは静かに微笑む。

「他のメンバーには申し訳ないけど、リーダーには感謝しないとね」

「ああ、同感だ」

彼女は簡単に仲間を見捨てるような人間ではない。俺の追放を知っても、一人パーティーを抜け出すことはなかったろう。

クリストフとジェイソン。二人のリーダーの選択《せんたく》が正しいとは思えない。だが、その結果には感謝したくなる。

「さっきからずっと気になってたんだけど……」

「ん？　なに？」

「前に会った時より、ラーズの周りにいる精霊、増えてるよね？」

「実は――」

精霊王様との出会い、そして、ジョブランク３の【精霊統】になったことを伝える。

「えええええっ‼　凄いじゃないっ！」

「しーっ」

思わず絶叫《ぜっきょう》を上げた彼女に馬車中の視線が集まったので、静かにするように伝える。

「ごめんなさい。興奮しちゃって、つい」

反省した態度で声をひそめる。しかし、その瞳《ひとみ》は好奇心《こうきしん》に満ち溢《あふ》れていた。

「精霊術の使い手でジョブランク3になった人って今までいないんだよね」

「確かにそう言われている。だが、俺が調べた文献《ぶんけん》によると、過去に一人だけいたらしい」

「えっ、そうなの？　初めて聞く話だわ」

「しかも、その人ってのが歴史上唯一、五大ダンジョンを制覇《せいは》した人間らしい」

「ええええっ！！」

今度は声をひそめながら驚くという器用な真似《まね》をしてみせる彼女だった。だが、驚くのも当然だろう。

「そういえば、確かに五大ダンジョン踏破者《とうはしゃ》のジョブがなんだったのか、伝えられてないよね？」

「ああ、俺も色んな文献を読み漁《あさ》って、ようやく一冊だけど、その人に関する記述を見つけたんだ。信頼《しんらい》できる文献だから、信じていいと思う」

「へええ、壮大《そうだい》な話よね」

「ああ。そうだな。なにせ一〇〇〇年以上も前の話だ」

「じゃあ、ラーズが二人目になるかもね」

期待に瞳をキラキラさせている。こういう子どものような純真さも、彼女の魅力《みりょく》のひとつだ。

「だといいんだけどな」

「大丈夫。ラーズなら絶対にできるよ」

「シンシアが付いてきてくれればな」

「あはは。じゃあ、二人で五大ダンジョン制覇を目指そう！」

「おう！」

彼女が一緒ならば、本当にできそうな気がする。そんな不思議な力が感じられた。

初めて出会ったときから、彼女の言葉は心の汚《よご》れを落としてくれた。

そして、今日、俺の心は真っさらになった。この清々《すがすが》しさは冒険者を目指してアインスに乗り込《こ》んだとき以来。

彼女が隣にいれば、なんの躊躇《ちゅうちょ》もなくやり直せる。

話しているうちに理性と感情は折り合いをつけたようで、精霊と一緒に浮《う》かれて踊《おど》っていた。

◇◆◇◆◇◆◇

シンシアと一緒に馬車に揺られること数時間。だいぶ日も傾《かたむ》いてきた頃だ。

彼女との話は尽《つ》きることがなく、退屈《たいくつ》な馬車の時間もあっという間だった。

そう。彼女とは馬が合うのだ。とりとめのない話をしているだけでも、心が落ち着くし、自然体でいられる。

会話を続けていると、いきなり馬車がガクンと揺れ、急停止する。

「なにがあったッ？」

経験からなにか異変が生じたに違いないと判断し、御者《ぎょしゃ》を問い詰《つ》める。

シンシアもさすがは熟練の冒険者だ。マジック・バッグからメイスを取り出し、いつでも戦闘に移れる体勢でスタンバイしている。

「襲撃《しゅうげき》だッ！　ゴブリンどもが襲ってきやがったッ！」

予想通りの答えだ。乗合馬車での異常事態といえば、モンスターか盗賊《とうぞく》のどちらかだ。

そして、確率としてはモンスターの方が遥《はる》かに高い。乗合馬車なぞ襲っても大した金にならないからだ。

乗客は、これから冒険者になるためにアインスに向かうひよっ子たちと、戦闘には縁《えん》のない者ばかり。ここは俺たちが出るしかない。

「分かった。俺は【二つ星】冒険者だ。ここは俺がなんとかするから、安全な場所まで馬車を退避《たいひ》させてくれ」

御者に冒険者タグを見せる。タグに刻まれたふたつの星――通称《つうしょう》、【二つ星】はセカンド・ダンジョン踏破の証。

「お願いします！」

タグを見て、御者の顔から恐怖がすっと消えた。

状況は把握《はあく》できたので、彼《かれ》との会話を打ち切る。

隣を見るとシンシアはメイスを構え腰《こし》を浮かせている。俺よりもやる気満々だ。

「行こっ？」

「ああ、頼《たよ》りにしてるよ」

俺も素手《すで》のまま立ち上がる。腰にはダガーが差してあるが、今回はその出番はない――

ちょっと考えがある。

今までの俺だったら、彼女の後ろに隠《かく》れ、精霊術で支援《しえん》していたところだ。だがしかし、ジョブランクアップして【精霊統】になった俺は戦えるッ！

二人揃《そろ》って馬車から飛び降りると、目より先に鼻が嗅《か》ぎ取る。腐《くさ》った卵を鍋《なべ》いっぱいに煮詰《につ》めたような悪臭《あくしゅう》――ゴブリンが一〇体。

街道《かいどう》は馬車がすれ違えるほど広く、戦うには十分なスペースだ。

森から出て来た緑色の小鬼《こおに》。醜悪《しゅうあく》なツラ、目は赤く血走り、ヨダレを垂らす。

その姿が表すように、知性は低い。薄汚《うすぎたな》い布きれを腰に巻き、手には不格好な棍棒《こんぼう》が握られている。

戦闘力《せんとうりょく》はたいしたことはない。駆《か》け出し冒険者でも勝てる相手だ。

厄介《やっかい》なのは群れて行動するところだ。慣れてきた冒険者が気を抜いて囲まれて――というのも、ままあるが、俺にとっては丁度いい実験台に過ぎない。

「五体ずつだ。右側は任せる」

「うん。左側お願いね」

言うや否《いな》や、シンシアが飛び出す。

ゴブリンもこちらに向かってくる。

囲まれたら実験ができない。

まずは足止めだ。

『火精霊よ、集いて壁《かべ》を成せ――【火壁《ファイア・ウォール》】』

火精霊に指示すると、俺とゴブリンの間に高さ三メートルほどの炎壁《えんへき》が出現する。
精霊は見えずとも、今のように精霊に命じ顕現《けんげん》させたものは、誰にでも見える。
ゴブリンどもはいきなり現れた炎《ほのお》の壁に驚き、慌《あわ》てて後ろに飛び退《すさ》る。
初めての試みだったが、予想以上の結果。次は遠距離《えんきょり》攻撃《こうげき》だ。

『土精霊よ、礫《つぶて》と成りて敵を討《う》て――【飛礫《ペブル・ブラスト》】』

右腕《みぎうで》を一体のゴブリンに向け、無数の石礫を撃《う》ち出す。
礫はソイツの身体《からだ》を貫通《かんつう》し、穴だらけにし、死体に変える。
仲間をやられ「ギャアギャア」と喚《わめ》くが、炎壁に突っ込むほど無謀《むぼう》ではないらしい。
その場で怒《いか》りを露《あら》わにするだけで、なにもできない。
次の実験は、先ほどと同じように礫を飛ばす。

『土精霊よ、礫と成りて敵を討て――【飛礫《ペブル・ブラスト》】』
ただし、今度は二体同時に狙《ねら》うイメージだ。
礫は二方向に分かれ、二体を穿《うが》つ。
「これは、便利だな」
特に狙いをつけなくとも、精霊はイメージ通りに動いてくれる。
残り二体。さあ、次の実験だ。
『火精霊よ、我《わ》が腕に纏《まと》い、すべてを焼き尽くせ――【火腕《ファイア・アーム》】』
左腕を燃え盛る火炎《かえん》が包み込む。
熱さはまったく感じない。
術者本人は顕現した精霊からダメージを受けないのだ。
続けて――。
『風精霊よ、我を纏い、加速せよ――【風加速《ウインド・アクセラレーション》】』

地面を蹴《け》ると、風精霊に背中を押され、矢の如《ごと》く加速する。
炎壁を突《つ》き抜《ぬ》け、いきなり現れた俺に、ヤツらは驚き戸惑う。
そのうちの一体を、炎の拳で殴《なぐ》る。
燃え盛る炎がソイツの全身を包む。
一瞬で消し炭と化す。
最後の一体が逃《に》げる。
だが、逃《のが》しはしない。

『水精霊よ、凍《い》てつく剣《けん》となれ――【氷剣《アイス・ソード》】』

鋭《するど》い氷剣が現れ、右手に収まる。
長さ八〇センチほどの剣だ。
初めてとは思えないほど手に馴染《なじ》む。
風精霊の力で、すぐに追いつく。
その背中を袈裟《けさ》斬《ぎ》り。

なんの抵抗《ていこう》も感じない。
最後の一体は真っぷたつ——実験完了《かんりょう》だ。
精霊たちに元の姿に戻《もど》るように命じる——。

壁を作り、腕を炎で包んだ火。
石礫となって飛んでいった土。
背を押し、加速させてくれた風。
氷となり鋭い剣を生み出す水。
それらが元の不定形で不可視な精霊になって戻ってくる。
俺の周りをふわふわと飛び回る精霊たち。
心なしか、みんなから嬉しそうな気持ちが伝わってくる。
実験は終わりだ。結果は、大成功。
火風水土——すべての精霊術を試《ため》したが、どれも俺の想像を遥かに超《こ》える能力だった。

属性魔法《まほう》にも精霊術に似たような魔法はある。例えば、土属性魔法には、石礫を飛ばす『ストーン・バレット』があるが、これだけの威力《いりょく》はないし、狙いをつけなければならない。

俺の精霊術は、間違《まちが》いなく【賢者《けんじゃ》】ウルの魔法を上回っている。

今の俺を見れば、精霊術使いが不遇職《ふぐうしょく》だなんて誰《だれ》も言えないであろう。

自分の新たな力に打ち震《ふる》えた――。


戦いが終わり、馬車から歓声《かんせい》が上がる。御者はホッと胸を撫《な》で下ろし、冒険者志望の少年たちからは憧れの視線を向けられる。

シンシアはといえば、

「凄い！　凄いよっ！　強いし、本当に綺麗だった！」

興奮気味にまくし立てる。

彼女は俺が炎壁を作った辺りで、一撃《いちげき》でゴブリンをまとめて肉塊《にくかい》に変えており、俺と精霊の戦いぶりをしっかりと見ていたのだ。

「そう言ってもらえると嬉しいけど――まだ、終わってないよ」

「えっ？」

「多分。森の中に本隊が控《ひか》えてる」

「あっ！　ごめんなさい。見惚《みと》れてて、すっかり忘れていたわ」

「倒《たお》しておこう」

俺たちが見逃《みのが》せば、他の馬車が狙われる。ここは面倒《めんどう》でも潰しておくべきだ。

御者に伝えると快諾し、しばらく待ってくれることになった。馬車を狙うゴブリンども
を根絶やしにしておきたい気持ちは御者も同じか、それ以上だ。

俺は再び森の様子を窺《うかが》う。森の中は静まりかえっている。ゴブリンどもは息を潜《ひそ》めて様
子を見ているのだろう。その悪臭もここまでは届かない。

「厄介だな」

森の中に潜むゴブリンを探すのは一苦労だ。こちらは向こうの総数も把握していないの
だ。撃ち漏《も》らしも避けたいし、たかがゴブリンでも面倒くさいことこの上ない。

「ええ、そうね。倒してこようか？」

彼女は今にも駆け出しそうだった。

「いや、いいこと思いついた」

「精霊術？」

「ああ、そうだ。ちょっと待ってて」

俺は風精霊に呼びかける。先ほど【飛礫《ペブル・ブラスト》】を使ったときに、特に狙いをつけなくても

石礫《つぶて》はゴブリンに命中した――ということは、こういう使い方もできるはずッ！

『風精霊よ、森に潜む悪《あ》しき者を見つけ、その刃《やいば》で切り裂《さ》け――【風刃《ウインド・カッター》】』

俺の指示で、辺りをふよふよと漂っていた無数の風精霊が森の中にすっ飛んでいった。

森がやかましくなる。絶え間なく聞こえてくる「ギャアアア」という声。聞くに堪《た》えない絶叫はしばらく続いたが、すぐにピタリと静かになった。その後、森の中から風精霊が戻ってくる。

森に入って確認《かくにん》するまでもないだろう。風精霊たちがゴブリンの本隊を襲撃し、壊滅《かいめつ》させたのだ。その手応《てごた》えをなんとなく感じる。これも【精霊統】になったことの恩恵《おんけい》だろう。

精霊から伝わってきた感覚によると、森の中にいたゴブリンは全部で三〇体。上位種であるゴブリン・ファイターやゴブリン・アーチャーも複数含《ふく》まれていて、群れを率いていたのは一体のゴブリン・リーダーだった。駆け出しの冒険者パーティーだったら、壊滅させられるほどの集団だ。

それを無傷で一方的に殲滅《せんめつ》できたこの力はやはり途轍《とてつ》もない。これなら、もう一度ダンジョンに潜《もぐ》っても問題ないだろう。鍛《きた》えていけば、必ず五大ダンジョン制覇を叶《かな》えられるはずだ。俺はそう確信する。

「死体はどうしよっか？」

「馬車にいる人の手も借りて燃やしておこう」

その後、馬車に乗っていた人々にも協力してもらい、まとめたゴブリンの死体を火精霊に燃やしてもらった。死体を放置していると、他の獣《けもの》やモンスターを呼び寄せたり、疫病《えきびょう》の原因になったりするのだ。

作業がひと段落すると、御者の男が話しかけてくる。

「さすがは【二つ星】様だ。ゴブリンどもが手も足も出なかったですわい」

「まあ、あれくらいはな……」

「アンタらのおかげで、助かったよ。本当にありがとう」

「いや、冒険者として当然のことをしたまでだ」

「冒険者が皆《みな》、アンタらみたいだったら助かるんだがな」

「まあ、ガラの悪いのもいるからな」

「それにしても、魔法ってのは凄いもんだねえ」

御者は魔法と精霊術の区別がついていないが、まあ、これが普通《ふつう》の人の反応だ。わざわざツッコむことでもないので、俺は曖昧《あいまい》に返事をしておいた。

俺とシンシアを乗せると、馬車はアインスに向けて走り出した。

「精霊はあなたのことが大好きみたいね」

「そうかな？」

「構って構って、って言ってるみたい」

「うん」

精霊王様から力を授《さず》かり、精霊との距離《きょり》が縮まったのを感じる。シンシアにもそれが分かるようだ。

「それに精霊術も凄かったけど、剣《けん》も使えるのね。ビックリしたわ」

「駆け出しの頃は俺も剣を握って前衛をやってたからね」

「へえ、そうだったんだ」

ここしばらくは剣を握ることもなかったが、村を出るまでは毎日のようにチャンバラごっこに明け暮れる生活だったし、冒険者になり立ての頃は剣も使っていた。

身体はちゃんと覚えていたようで、久しぶりにもかかわらずスムーズに剣を扱《あつか》うことができた。

「もともと、剣士になりたかったんだ」

「へえ、そうなんだ。多いよね、剣士に憧《あこが》れる男の子」

「ああ、分かりやすい強さだからな。俺も小さい頃から冒険者に憧れて真似したもんだ」

「その光景が目に浮かぶわ」

「まだ鈍《にぶ》っているけど、早くシンシアと並んで戦えるようになるよ」

「じゃあ、私も頑張らないとね」

その後は襲撃もなく、一時間ほどでアインスに無事到着《とうちゃく》した。

彼女《かのじょ》と並んで馬車を下りる。

御者からは改めてお礼の言葉を伝えられた。無事を喜ぶ乗客たちの笑顔《えがお》を見ると、俺も満たされた気持ちになる。

「さて、なにはともあれ、まずは――」

「冒険者ギルドね」「冒険者ギルドだ」

声が重なり、思わず笑みがこぼれる。二人ともこの街で数年間過ごした過去がある。

二年ぶりに訪《おとず》れたアインスは、その頃とちっとも変わっていなかった。この街は冒険者を目指す者なら誰でも受け入れる。帰ってきた俺のことも「おかえりなさい」と出迎《でむか》えてくれた。

第二の故郷。そして、出発点。五年前。懐《なつ》かしい気持ちに、俺は胸が締《し》めつけられた。

間話二　闇《やみ》の狂犬《きょうけん》

ラーズを追放した翌日。

ジェイソンを加えた新生『無窮《むきゅう》の翼』は冒険者ギルド併設《へいせつ》の酒場で、今後の打ち合わせがてら昼間から酒を飲んでいた。ちなみに、当の本人であるジェイソンは加入早々、雑用を押し付けられ、この場にはいない。

当初なら新生パーティーとして腕試《うでだめ》しにダンジョンに潜るつもりだったが、昨夜『疾風《しっぷう》怒濤《どとう》』に虚仮《こけ》にされ、クリストフとバートンは腐っていた。

追放の件はすでに広まっており、他の冒険者たちは彼らにチラホラと好奇《こうき》の視線を送ってくるが、それも余計に苛《いら》つかせる。

そんな最悪の空気の中、ギルド内に無遠慮《ぶえんりょ》なデカい声が響《ひび》く。

「おう、どこだ？」

酒場中が声の方を向き、そして、すぐに彼らから視線を逸《そ》らす。

声の主は四人の取り巻きを連れてギルドに入ってきたところだった。

「こっちですぜ、兄貴」

取り巻きの一人に言われ、男がクリストフらのもとへズカズカと向かってくる。

「ここにいたか」

冒険者パーティー『闇の狂犬』の五人だ。

『闇の狂犬』はいかつい見た目の男たちで、他者と馴《な》れ合おうとしない。

「おいおい、ヤベーんじゃねえの」

「ヤツらはおっかねえけど、自分たちから仕掛《しか》けたりはしないぜ」

「勇者クンが調子に乗って、喧嘩《けんか》売ったんじゃねえか？」

「前に喧嘩売ったパーティーは引退に追い込まれたよな」

「よっぽど、ムカついたのかな」

「まあ、クリストフとかバートンとか、偉《えら》ぶっててムカつくよな」

「おい、始まるぜ」

「静かにしろよ」

コソコソ話が収まり、彼らに注目が集まる。緊縛《きんばく》した空気が場を支配するが、無関係な冒険者にとっては滅多《めった》にない楽しい見世物だ。興味津々《しんしん》といった笑みを湛《たた》え、聞き漏らさぬように耳を傾ける。

『闇の狂犬』の先頭、肩で風を切るのはリーダーのムスティーンだ。彼は乱暴者たちを力で従えている。噂《うわさ》では、騎士《きし》の家系である某貴族《ぼうきぞく》の三男坊《さんなんぼう》であるが、問題を起こしすぎて勘当《かんどう》され、冒険者になったとも言われている男だ。

彼はクリストフの前で立ち止まり、クリストフも慌てて立ち上がる。

同じ長身金髪《きんぱつ》の両者であったが、クリストフが貴公子然とした優男《やさおとこ》であるのに対し、ムスティーンは危険な香《かお》りのする野性味あふれる偉丈夫《いじょうふ》だ。

対照的な二人の視線が絡《から》まる。

「なっ、なんの用だ」

ムスティーンの厳しい視線に射すくめられ、クリストフの声は上擦《うわず》る。

「ラーズを追放したらしいな」

彼はラーズ追放を知り、『無窮の翼』に会いに来た。

「後任は決まったか？」

なぜ、ムスティーンがわざわざやってきてまで、こんなことを尋《たず》ねるのか――クリストフはひとつの可能性に思い当たった。

ムスティーンは闇魔法《やみまほう》と直剣で戦うジョブランク3の【暗黒剣士】で、その実力は折り紙付き。人間性に問題があるので、選択肢《せんたくし》から外していたが、向こうから足を運んでくるということは――。

「なっ、なあ、ムスティーン。よかったら、うちのパーティーに入らないか？」

「ほう？」

ムスティーンは口元を歪《ゆが》め、不敵な笑みを浮かべる。

クリストフはそれを見て、彼が興味を持ったと勘違《かんちが》いした。

「まあ、立ち話もなんだ。座《すわ》ってくれよ。飲みながら話そう」

ジェイソンを加入させたばかりだが、ムスティーンが入ってくれるなら話は別だ。ジェイソンはとっとと追い出せばいい――クリストフはそれくらいにしか考えていない。

「ふーん。よお、ちょっと空けてくれや」

ムスティーンは空いていた椅子《いす》を片手にクウカとウルの間に強引《ごういん》に座り込んだ。二人が嫌《いや》そうに顔を顰《しか》めるがお構いなしだ。

「おう、お前ら。コイツが奢《おご》ってくれるってよ。好きなだけ頼《たの》めや」

「ちょ……」

クリストフはムスティーンだけに声をかけたつもりだったが、『闇の狂犬』の面々は『無窮の翼』を取り囲むようにして座り、高い酒や料理を次々と注文していく。

その傍若無人《ぼうじゃくぶじん》な振《ふ》る舞いに、向かいに座っていたバートンは文句を言おうとしたが、ムスティーンに睨《にら》みつけられると、口をふさぎ黙《だま》りこんでしまう。彼は粗野《そや》で乱暴だが、実は小心者だ。弱い相手には威勢《いせい》よく振る舞うが、ロンやムスティーンのような格上に凄まれると猫《ねこ》のようにおとなしくなってしまう。

クリストフもムスティーンの振る舞いに思うところがあったが、今は本題を優先すべきだと判断した。

我《わ》が物顔《ものがお》で振る舞うムスティーンは、クウカの前に置かれたビアマグを手にすると、勢い良く呷《あお》った。クウカが「あっ！」と声を上げたが、止める暇《ひま》もないうちに、ムスティーンはビアマグを空にする。そして、ドンとテーブルに打ち付け、ゆっくりと口を開いた。

「で、なんだっけ？　もう一回言ってくれよ？」

クリストフが呆気《あっけ》にとられているうちに、ムスティーンから振ってきた。

「あっ、ああ」

会話の主導権を取り戻そうと、クリストフは問いかける。

「うちのパーティーに入らないか？」

「おう、いいぜ」

「本当かっ！」

ムスティーンが軽い調子で即答《そくとう》する。まるで「昼はサンドイッチでいいか？」と尋ねられたときのような軽い調子で。

――やはり、ムスティーンほどの男はちゃんと分かっている。ロンのような二流はダメだ。アイツを入れなくて正解だったな。

ムスティーンの快諾にクリストフは喜びを顔に浮かべるが――。

「じゃあ、今から俺《おれ》が『無窮の翼《つばさ》』のリーダーな」

「はっ⁉」

「お坊《ぼっ》ちゃんとそのデカブツは使えねえからクビだ」

ムスティーンは当たり前だとばかり、クリストフとバートンのクビを宣言する。

「お嬢《じょう》ちゃん二人は俺たちで可愛《かわい》がってやるよ」

「なっ！　ふざけるなっ！」

クリストフは激高し大きな声を上げる。その声に、ムスティーンの顔から笑みが消え去り、凄《すさ》まじい殺気でクリストフを射すくめる。

「あっ、あっ……」

それだけで、クリストフは縮み上がり、言葉も出せなくなってしまう。

「フザケてるのはどっちだよ、お坊ちゃん」

声を荒《あら》らげるでもなく、淡々《たんたん》と話すムスティーンだが、その言葉は冷たい刃のようにクリストフの精神を切り刻む。

バートンはすっかり萎縮《いしゅく》し切っているし、クウカとウルも俯《うつむ》いて黙ったままだ。

「オメエが言った『パーティーに入れ』って言葉――それは俺にオメエの下につけって意味だろうが」

「そっ、それはっ…………」

「誰がオメエみたいなザコの下につくんだよ。仲間にして欲《ほ》しいなら、『なんでも言うこと聞きますから、どうか俺たちを手下にしてください』だろ」

「…………」

「いつから俺と対等な口利《き》けるようになったんだよ」

「…………」

「調子に乗ってんなよ、お坊ちゃん」

「…………」

それだけで人を殺せそうな鋭い視線を向けられ、クリストフはなにも言い返せなかった。

「もとから、調子に乗ってるオメエらにはムカついてたんだよ」

ムスティーンは不快感をあらわにする。他の『闇の狂犬』メンバーもクリストフらに向かって殺気を放つ。

「おいっ、オメエらみたいな調子にノッてんのが、どうして今まで見逃してもらえたか分かってるか？」

「いっ、いえ……」

「オメエらのとこにラーズがいたからだよ」

「……ラーズが？」

「アイツはイイ奴《やつ》だ。礼儀《れいぎ》をわきまえているし、人を色眼鏡で見ない」

「…………」

「大抵《たいてい》の奴は、俺たちを恐《おそ》れて媚《こ》びへつらうか、関わりを持たないようにする。だけど、アイツはどちらでもなかった。俺のメンツを立てながらも、同じ冒険者《ぼうけんしゃ》として対等に付き合おうとした」

「…………」

「俺はアイツが気に入った。何度も一緒《いっしょ》に酒を飲んだし、くだらねえバカ話で笑いあった」

「…………」

「そんなアイツが、頭下げて頼んだんだよ。オメエらが調子にノッてっけど、それは若気の至り。いつか改心するから、それまで見逃してやってくれってな」

「…………」

「今まではアイツの顔を立てて、見逃してやってたんだよ」

「…………えっ？」

クリストフは知らなかった。ラーズが情報収集のために多くの冒険者と交流し、良好な関係を築いていたことを。

クリストフは気づかなかった。遠巻きに見ている冒険者たちがムスティーンと同じ気持ちだということを。

「オメエたちは今まで順調にダンジョンを攻略《こうりゃく》してきたなあ。最速攻略っつー優秀《ゆうしゅう》な成績で、苦戦せず、立ち止まることなく。なあ、勇者のお坊ちゃん、そうだよなあ？」

「あっ、ああ……」

なぜいきなりムスティーンが褒《ほ》め出したのか、クリストフは理解できなかった。

「修羅場《しゅらば》を知らねえんだよ――」

「…………？」

「格上相手に死にかけたことがねえんだよ。死と隣《とな》り合わせの状況《じょうきょう》で、それでも命懸《いのちが》けで抗《あらが》わなきゃならない状況を味わったことがねえんだよ。だから、自分より強い相手にちょっと脅《おど》されたら、情けなく震え上がっちまうんだよ」

ムスティーンはフンッと荒く鼻を鳴らす。

「パーティーメンバーはよう、仲間はよう、替《か》えが利《き》く装備品じゃねえんだよ。修羅場を知らねえから、そんな簡単なことも分かってねえんだよ」

ムスティーンは立ち上がる。

「アイツとの誼《よしみ》で忠告してやるよ。オメエら、このままだと死ぬぞ。ダンジョンをナメんなよ」

それだけ言い放つとムスティーンは背を向ける。

「おう、オメエら、帰るぞ。けったくそワリい」

ムスティーンは手を出さなかった。ぶん殴ってボコボコにしてやりたいところだったが、グッと我慢《がまん》した。その役目はラーズのものだと思っていたからだ。

彼は喧嘩を売りに来たのではなかった。不器用で乱暴なやり方ではあるが、言葉通り忠告に来ただけだ。

この忠告を受け入れ、心を入れ替えていれば、また、違《ちが》う道があったかもしれない。だが、その言葉がクリストフに届くことはなかった。

「チッ……早く戻ってこいよ、ラーズ」

第三章　始まりの街《アインス》

——始まりの街《アインス》。

五大ダンジョン制覇《せいは》を目指す全《すべ》ての冒険者のスタート地点となる街だ。

この街はファースト・ダンジョン——冒険者たちが最初に潜るダンジョン——を内包するかたちで発展した街であり、主要産業はダンジョンからの収穫物《しゅうかくぶつ》——モンスターのドロップ品だったり、宝箱から取れるアイテムだったり。

冒険者にとって青春時代といえば、ここアインスを指す。冒険者登録が許される一五歳《さい》になると、育った故郷を離《はな》れ、この街へやってきて、冒険者生活を始める。

仲間を集めてパーティーを組み、お金を貯《た》めて装備を調え、ダンジョンを進んでいく。

そうやって成長していき、ファースト・ダンジョンを踏破《とうは》することによって、ようやく一人前の冒険者とみなされるのだ。

ここを離れ、セカンド・ダンジョンに向かう——それまで平均で五年。長い長い挑戦《ちょうせん》だ。

そんな駆け出し冒険者たちの夢と希望がギュッと凝縮《ぎょうしゅく》された街がここアインスなのだ。もちろん、俺にとってもここは青春時代の思い出の場所だ――。

俺とシンシアは冒険者ギルドに向かう大通りを真《ま》っ直《す》ぐに進む。

「あっ」と突然《とつぜん》、彼女が立ち止まり、目をつぶる。一瞬遅《いっしゅんおく》れて、俺もそれに気がついた。歩みを止め、目を閉じる。そして、鼻から大きく息を吸《す》い込《こ》んだ。

風に運ばれて漂《ただよ》ってくる甘酸《あまず》っぱく、そして、どこか切ない花の香り――キンカランの香りだ。年中赤い花を咲《さ》かせているキンカランの香りは、この街を象徴《しょうちょう》するもので、二年ぶりにそれを嗅いだ俺は当時に引き戻されたように錯覚《さっかく》する。

隣《となり》に視線を向けると、彼女も同じ思いみたいで、暖かな思い出に包まれているような穏《おだ》やかな笑みを浮《う》かべている。

「いやあ、懐かしいな」

「私も懐かしいわ」

「あの頃《ころ》はダンジョン攻略しか頭になくて、なんとも感じていなかったのになあ」

「ええ、ほんと。それなのに、この香りで帰ってきたって実感するなんてね」

ダンジョンでも、街並みでも、人々でもなく、なによりも懐かしさを感じさせるのが、キンカランの香りだとは………。

「じゃあ、行こう」

「うん」

二人でしばらく余韻《よいん》に浸《ひた》った後、ゆっくりと歩き出す――。

大通りは人で賑《にぎ》わい、屋台から香《こう》ばしい串焼《くしや》きのタレと肉が焼ける匂《にお》いが漂ってくる。

そして、冒険者ギルドが近づくにつれて、武具屋や魔道具屋《まどうぐや》など冒険者向けの店が増えていき、空気は乱暴になっていく。

「シンシアはいつ頃《ごろ》までここにいたの？」

「私たちは四年前までよ」

「だったら、一年くらいかぶっていたのか」

俺たち『無窮《むきゅう》の翼』は二年前まで、三年間ここアインスに滞在《たいざい》していた。俺たちの最初の一年間と彼女たち『破断の斧《おの》』の最後の一年間が重なっている。

「ええ、そうね」

「そうだったんだ。全然知らなかったよ」

アインスは一番冒険者が多い街だ。同期のヤツらなんかは意識していたけど、クリア直前の彼女たちは知らなかった。名前くらいは耳にしたことがあったのかもしれないけど、直接の接点があったわけではないし、あいにくと覚えていない。

「あら、私は知ってたよ」

「ホント？」

「ええ、その頃から『無窮の翼』は若手ナンバーワンだったじゃない。うかうかしてると抜かされちゃうねってよく話していたわ。実際、その通りになっちゃったしね」

そう。シンシアの言う通り、周囲にはそうみなされていた。

俺たちは皆、才能があった。少なくとも俺以外の四人は。その頃から四人とも才能の片鱗《へんりん》を示し、格上モンスターも苦にせず、破竹の勢いでダンジョンを攻略していった——歴代の最速踏破記録を大幅《おおはば》に上回るペースで。

その頃はまだ連携《れんけい》がきちんと取れていて、がっちりと噛《か》み合っていた。恐れるものはなにもなかった。

そのハイペース攻略から、俺たちは若手ナンバーワンとみなされ、最速踏破記録を更新《こうしん》するのではと期待されていた。

そして、実際に記録を更新。今までの四年二ヶ月を遥《はる》かに上回る三年ちょうどでファースト・ダンジョンを制覇したのだ。

それだけではない。次のセカンド・ダンジョンも最速踏破記録を大幅更新《おおはばこうしん》したんだ。今までの記録を半年も更新する一年半で。

この頃が俺にとって一番幸せな瞬間《しゅんかん》だったし、『無窮の翼』のピークだったと思う。国王陛下からお褒めと激励《げきれい》の言葉を賜《たまわ》り、『無窮の翼』は一躍《いちやく》、時の人ならぬ時のパーティーとなった。

誰もが、『無窮の翼』に期待し、称揚《しょうよう》する。『無窮の翼』こそが、五大ダンジョン制覇をなしてくれると。

だが、セカンド・ダンジョン制覇を境に、『無窮の翼』は変わっていく——悪い方向へ。

もとからその兆候はあったのだが、俺以外の四人がユニークジョブにランクアップしたことで、歯止めが利《き》かなくなったのだ。自信が傲慢《ごうまん》に変わり、各自が好き勝手に動くようになる。連携を取るどころか、仲間の足を引っ張る始末。

俺は精霊《せいれい》を駆使《くし》して、なんとか上手《うま》くまとめようとしたが、ご覧の通り、全く評価されなかった。それどころか、ジョブランク2の俺の言葉は彼《かれ》らに届かなくなる。パーティーリーダーの座を奪《うば》われ、挙げ句の果てには、パーティー追放という仕打ち。だから、昨日までいたドライの街にはあまり良い思い出がない。いい思い出と言ったらシンシアとの思い出くらいだ。

だけど、この街には良い思い出がいっぱい残っているんだ。良かったことも悪かったことも、今となってはすべてがかけがえのない思い出だ。

「シンシア、ありがとう」

「どうしたの、いきなり？」

「いや、俺一人だったら暗い気持ちでギルドに向かってたんだろうなって思って。だけど、シンシアと一緒だと全然気にならないんだよ」

「ラーズ……」

「大丈夫《だいじょうぶ》。追放されたことはもう吹《ふ》っ切れた。最初は落ち込んだし、怒《おこ》って恨《うら》んだよ。だけど、もう平気だ。彼らは彼ら。俺たちは俺たち。別の道を行くだけだ」

俺が前を向くと、彼女はするりと腕《うで》を絡ませてきた。

「私はなにがあっても、ずっと隣にいるからね」

俺もシンシアも軽装だ。そのせいで、彼女の大きな胸の柔《やわ》らかさと温かさが思いっきり伝わってくる。

慣れない俺はその気持ちよさにドキドキしてしまい、「ありがとう」と返すことしかできなかった。

「ほら、行きましょ」

そんな俺の気持ちに気づいていないのか、彼女は気にした様子もなく、俺の腕を掴《つか》んでズンズンと進んでいく。結局、ギルドに到着するまで、腕を組んだままだった。

「うわあ、変わってねえ」

「ほんと、変わってないわねえ」

ギルドの建物は以前見たときと全く変わらない姿でどっしりと構えていた。まるでここだけ時間が止まっているかのようだ。堅牢《けんろう》な石造りの三階建ての建物。そして、そこに出入りする若手冒険者《ぼうけんしゃ》たち――。

そう。アインスの街の冒険者たちは若いのだ。冒険者登録が許される一五歳が一番多く、年齢《ねんれい》とともに冒険者数は減っていく。

胸を張って、次の街ツヴァイに移る者。

自分の才能に見切りをつけ廃業《はいぎょう》する者。

そして、ダンジョンに呑《の》み込まれる者。

大体が長くとも五、六年でこの街を去る。平均年齢は一七、八歳。大部分が現在二〇歳の俺より年下なのだ。

まだ真新しい装備をまとう新人冒険者の姿を見ると、こっちもフレッシュな気持ちになる。隣を見ると彼女も同じ気持ちのようで、見守るような視線を送っている。

すると――。

「ジャマだよ、オッサン」

「そこどけよ」

つい、感慨《かんがい》にひたってギルド前で立ち尽《つ》くしてしまった。そこに、まだまだ冒険者になりきれていない少年たちから声をかけられた。

「ああ、すまんすまん」

これくらいのことでは腹を立てなくなった自分に気づき、俺も大人になったんだなあと実感する。

脇《わき》に避《よ》けると、少年たちは無言で通り過ぎていった。イキがりたい年頃《としごろ》なんだろう。俺たちにもそんな時期があった。特に、バートンは酷《ひど》かったな。いや、バートンの場合は今でもそうか。精神が全く成長していないな、ヤツの場合。

「若いわねえ」

「ああ、微笑《ほほえ》ましいな」

今の少年ほど失礼ではなかったけど、俺にも血気盛んな頃があった。だが、それじゃあ通用しないとすぐに知る。

自分たちだけでツッパってやっていけるほど、ダンジョンは甘《あま》い場所じゃない。先輩《せんぱい》冒険者からイロハを教わらないと早々に行き詰《づ》まる。そうなってから周りに助けを求めても、あんな態度ではほとんどの冒険者から相手にされない。

しかし、世の中には親切でお節介《せっかい》な先輩《せんぱい》というのがいるものだ。わざわざ時間と手間をかけて、ガツンとゲンコツを落とし説教してくれる先輩が。

そのときに態度と考えを改められるかどうか、それが分かれ道だ。心を入れ替えればやり直せる。若さとはそういうものだ。

しかし、それができなければ、すぐに退場することになる。そういう奴らがダンジョンに消えていくのを何度も見てきた。

今の少年がそうならないことを俺は祈《いの》る。お節介な先輩と出会えるように。そのときに、改心できるように。

「じゃあ、入ろう」

「うん」

俺とシンシアは冒険者ギルドへ入った。

◇◆◇◆◇◆◇

夕方の冒険者ギルドは若々しい熱気が凝縮され、溢《あふ》れんばかりのエネルギーに満ちていた。

こっちでは、悪酔《わるよ》いして大声で叫《さけ》ぶのを仲間がなだめている。

あっちでは、肩《かた》がぶつかっただのどうので揉《も》めている。

どちらもドライの街では見られない光景で懐かしくなる。

あの街の冒険者が酒に呑まれるのは仲間を失ったときか、引退を決めるときだし、ぶつかるような不注意なことはしないし、もししても「おう、すまん」「こっちも悪いな」で終わる話だ。

若者たちを微笑ましく思いながら受付へ向かう。

査定・買い取りのカウンターにはそこそこ長い列ができているが、俺たちが用のある登録カウンター前は人が少なかった。

三つあるカウンターのうちふたつは、初々《ういうい》しさと輝《かがや》かしい未来に占拠《せんきょ》されていたが、残りのひとつは空いている。

俺とシンシアはそのカウンターへ向かった。

「あらっ、ラーズさん」

「ロッテさん、お久しぶりです」

懐かしい笑顔が待っていた。最初は営業用の笑顔だったのだろうが、長い年月を経て、その柔和《にゅうわ》な笑顔は彼女の一部になっていた。

彼女は長命種であるエルフの血を引いており、若々しい姿は最後に見たときと全く変わっていない。

絹のような銀髪《ぎんぱつ》を結《ゆ》い上げて、長く尖《とが》った耳には緑色の魔石をあしらった金色のピアスが輝いている。この姿も以前のままだ。

若さと美しさをその身に閉《と》じ込める人生がどのようなものなのか、俺には想像もつかない。

受付嬢《うけつけじょう》である彼女には、駆《か》け出しの頃に色々とお世話になった。向こうも俺のことを覚えていてくれたようで嬉《うれ》しくなる。もっと驚《おどろ》かれるかと思ったけど、ベテラン受付嬢らしく、いつも通り淡々としていた。

「今回の件は聞き及《およ》んでおります。残念でしたね」

感情が綺麗《きれい》に省かれた仕事用の声だが、僅《わず》かにまぶたが下がったのを俺は見逃《みのが》さなかった。二年前だったら気がつかなかったかもしれない。

それにしても、さすがはギルドの情報網《じょうほうもう》、伝達が速い。だから、俺の顔を見てもそれほど驚かなかったのか。

「大丈夫ですよ。俺はもう割りきってますから。それより、新しいパートナーと出会えたことに感謝しているくらいです」

隣のシンシアに向ける俺の視線から察したようで、ロッテさんの口元から安心がこぼれ落ちた。

「そちらの方は？」

「はじめまして、【回復闘士《とうし》】のシンシアと言います。彼と同じ【二つ星】で、一緒にパーティーを組むことになりました。これからよろしくお願いします」

シンシアが首から下げた小さな金属プレート――冒険者タグをロッテさんに提示する。

彼女の冒険者タグには、俺のタグと同じくふたつの星が刻まれている。

【二つ星】はセカンド・ダンジョンまで踏破したことを表す。

新しくダンジョンを踏破する度に、冒険者タグに星の印がひとつ追加されるから、こういう言い方をするのだ。

冒険者は星がついて、ようやく一人前。すなわち、この街にいる冒険者たちは、まだ星がない半人前ってことだ。

「では、お二人でまたファースト・ダンジョンに挑《いど》むのですね？」

「ああ、初心に帰ってやり直そうと思いましてね。だから、パーティー登録と拠点《きょてん》登録を頼みます」

ロッテさんに情報が伝わっていることからして、俺はすでに公的に『無窮の翼』を抜《ぬ》けたことになっているのだろう。パーティーからのメンバー追放は本人の同意がなくても、メンバー過半数の同意があれば可能だ。ヤツらのことだから、俺を追放した直後にでもさっさと手続きを済ませたんだろう。

なので、俺がシンシアと新規でパーティーを組み直すことにはなんの問題もない。

「分かりました。本来なら、三人以上のパーティーを推奨《すいしょう》するのですが、【二つ星】のお二人でしたら問題ないでしょう。それでは、お二人の冒険者タグをお預かり致《いた》します……って。えっ⁉⁉」

ギルド受付嬢は感情を表に出さない――はずなのだが、俺の冒険者タグを登録用の魔道具に当てるなり、俺の知らない彼女がチラリと顔を覗《のぞ》かせた。

すぐに元に戻《もど》ったのはさすがだが、慌《あわ》てて口元を押《お》さえても今さらだ。

周囲の視線が彼女に集まる。好奇心《こうきしん》よりも困惑《こんわく》が大きいのは、皆《みな》、受付嬢としての彼女をよく知っているからだろう。

俺たちはといえば、「まあ、こうなるよな」とシンシアと視線を交《か》わす。唇《くちびる》を軽く舐《な》めた彼女につられて、俺も小さく頷《うなず》いた。

「どうかしました？」

俺はわざとらしく問いかける。

彼女《かのじょ》は俺の質問には答えず、周囲をキョロキョロと見回してから、カウンターに「閉鎖《へいさ》中」の札を掲《かか》げる。

「話は別室でお伺《うかが》いします」

その声はいつもより少し低く、瞳《ひとみ》も少し揺《ゆ》れていた。

「ミルちゃん、ちょっと席外すね。混んできたら、カウンター対応お願いね」

「はいですぅ〜」

ミルちゃんと呼ばれた後輩《こうはい》らしき職員に指示を出したロッテさんは、俺たちを引き連れ二階の談話室へ向かった。

冒険者ギルドの二階には大小さまざまな部屋——談話室や会議室などが並んでいる。このフロアはギルド職員の許可がなければ、立ち入り禁止だ。俺も数えるほどしか利用したことがない。

複数パーティー合同の作戦会議や、公にできない秘密《ひみつ》裏の依頼《いらい》の相談、そして、公開すべきではない冒険者のプライバシーに関する話し合い。そのような種々の用途《ようと》に使われるのだが、今回、その理由はひとつしかない。

「すぐに戻りますので、そのままお待ちください」

狭《せま》い談話室だ。雑然《ざつぜん》とした一階とは異なり、上品な調度品に囲まれ落ち着いた部屋だった。

ローテーブルを挟《はさ》んで二人がけのソファーがふたつ向き合っている。

ソファーに腰《こし》を下ろした俺とシンシアの前に、お茶をふたつ用意すると、ロッテさんは部屋を出ていった。

彼女が淹《い》れてくれたお茶を口に運ぶ。鎮静《ちんせい》作用のあるラベミールの葉だろう。身体《からだ》が楽になり、気分が落ち着いてくる。

「やっぱり、こうなったか」

「まあ、当然よね」

しばらくして、談話室のドアが静かに開いた。

「やあ、待たせてすまんな」

戻ってきたのはロッテさんだけではなく、正装姿の老齢《ろうれい》男性も一緒であった。

頭部こそ禿《は》げ上がっているが、老いを感じさせない若々しい身体は、限界まで鍛《きた》え上げられていることが服の上からでも明らかだ。幾多《いくた》の修羅場を乗り越《こ》えてきた貫禄《かんろく》と誰をも圧倒《あっとう》するような覇気《はき》を兼《か》ね備えた男性は、元冒険者らしいしっかりとした足取りでソファーに向かうと、音もなく腰を下ろした。垣間《かいま》見《み》えた体重移動や身体操作だけでも、只者《ただもの》ではないことが分かる。

「久しいな、ラーズよ」

「ええ、お久しぶりです。ハンネマン支部長」

彼はこの街の冒険者ギルドのトップ――冒険者ギルド・アインス支部長であるケリー・ハンネマンだ。

ギルドの一般《いっぱん》職員は養成学校を卒業した者が大半だ（一部、引退した元冒険者もいるが）。しかし、各支部の支部長と本部のお偉いさん方は、【三つ星】以上の元冒険者でなければならないと明確に規定されている。

ハンネマン支部長も例に漏《も》れず【三つ星】冒険者――サード・ダンジョンを制覇した強者なのだ。

彼は一〇年以上アインス支部の支部長を務めているベテランで、普段《ふだん》は良い人なのだが、怒らせた相手には容赦ない。この街の冒険者たちが一番恐れる相手だ。

その支部長が俺に右手を差し出し、俺はそれを握《にぎ》り返す。巌《いわお》のような手は、その歳《とし》とは思えないほどの強い力で握りしめてくる。以前コレをやられたときは、痛みを顔に出さないようにするだけで精一杯《せいいっぱい》だった。

しかし、今回もやられっぱなしというわけにはいかない。俺は仕返しを思いついた。小さな声で火精霊に語りかけ、右腕《みぎうで》の筋力を増大させる。今度はこっちの番だ。

右手に力を入れると、支部長の右手がミシミシと音を上げる。かなり痛いはずなのだが、さすがは支部長。それを全く顔に出さない。

「ほう。それがお主の新しい力か……」

「ええ」

支部長が力を抜いたので、俺も手を離《はな》し、精霊を解除する。

彼の右手は真っ赤になっている。ちょっとやりすぎたか。

まあ、仕掛《しか》けてきたのはアッチだし、こんなことで根に持つほど器も小さくない。案の定、これっぽっちも気にしていないようで、支部長はシンシアに笑顔《えがお》を向ける。

「そちらのお嬢さんは？」

「はっ、はい。彼と一緒にパーティーを組むことになった【回復闘士】のシンシア、【二つ星】です」

「【二つ星】か。以前会ったかと思うが、改めてよろしくな」

「よろしくお願いします」

支部長とシンシアが握手《あくしゅ》を交わす。俺の場合と違い、意地の張り合いナシの普通《ふつう》の握手だった。男女差別だ。納得《なっとく》いかん。

ちなみに、支部長はファースト・ダンジョンを踏破した者と必ず面会することになっている。だから、星持ちは最低一度は支部長と顔を合わせたことになる。

「ラーズよ。お主のことで話がしたい。この後ちょっと野暮用《やぼよう》があってこんな格好をしているが、堅苦《かたくる》しい話はナシだ」

「はい。分かってます」

「まず、もう一度お主の冒険者タグを確認《かくにん》させてもらえんか」

「ええ、どうぞ」

ローテーブルの上に置かれた平たい魔道具は一〇センチほどのプレート状。中央に浅い窪《くぼ》みがある。受付に置かれているのと同じ魔道具で、冒険者タグに内蔵されている情報を読み書きするためのものだ。

俺が自分の冒険者タグをその窪みにピタリと嵌《は》め込むと、魔道具がチカチカチカと三回点滅《てんめつ》する。

「ほう。これはこれは。ロッテの報告は本当であったか」

表示された情報を読んだ支部長は、腕組《うでぐ》みをして目を閉じ、考《かんが》え込む——。

それだけで部屋の空気が張り詰《つ》める。駆け出し冒険者ならこれだけで怖《お》じ気《け》づくだろう。

しばらく沈黙《ちんもく》が流れ、やがて、目を見開いた支部長は、俺の瞳をじっと見つめる。

「いい目だ。この二年間で立派に成長したな」

「ええ、おかげさまで。支部長の教えは、今でも忘れておりません」

「そうかそうか」

『無窮の翼』はハイスピードで攻略を進めていたこともあり、何度か支部長直々にアドバイスを頂いた。中でも、印象深かったのが、ダンジョン踏破後の打ち上げパーティーのときのことだ。

街の要職の方々、冒険者《ぼうけんしゃ》たち、ギルド職員ら総出の大宴会《だいえんかい》だった。俺以外のメンバーは他の冒険者らと陽気に杯《さかずき》を交わしていたが、なぜか、俺だけ支部長に捕《つか》まってしまったのだ。

そのとき支部長は、酒に酔《よ》った様子もなく懇々《こんこん》と諭《さと》してきた。

その言葉はどれも、今後の冒険者人生に役立つものばかりだった。一人の凄腕《すごうで》冒険者が半生をかけて実体験から学んだ、貴重な教訓だった。俺は一言一句逃《のが》すものかと、心に深く刻《きざ》み込んだ。彼の教えは今でも俺を支える柱のひとつだ。

支部長は二年前と変わらぬ態度で、なにかを噛みしめるように語り始めた。

「ワシは『無窮の翼』の中で、お主が一番有望だと思っていた。お主が率いる『無窮の翼』であれば、我々の悲願も成就《じょうじゅ》させてくれるかもしれんと、期待しておった」

「ご期待に添《そ》えず、申し訳ございません」

頭を下げる俺を、支部長が止める。

「いやいや、お主に責はなかろう。強《し》いて言えば、ワシの手落ちじゃ。あのひよっ子どもに、本当の強さというものを、叩《たた》き込んでおくべきじゃった」

彼の目には悔恨《かいこん》の色が浮かんでいた。

「まあ、今さらな話じゃな。それに、お主はまだ折れておらん。これからも老いぼれを楽しませてくれるんだろ？」

「はいっ。もう一度この街からやり直し、今度こそ、五大ダンジョンを制覇してみせます」

胸を張って宣言すると、支部長が頬《ほお》を緩《ゆる》める。

「ほう。あの頃はまだ青臭《あおくさ》かったが、今は一皮剥《む》けたようだな。一体お主になにがあったのだ？」

支部長が尋《たず》ねているのは、追放劇についてじゃない。俺の心境の変化を問うているのだろう。

ただ、これは軽々しく口にできる話題ではない。支部長はロッテさんの同席を認めたようだが。そう思い彼女に視線を向けると、

「気にする必要はない。ワシはロッテも聞くべきだと判断した」

「そうですか。では――」

さて、どうなることか。

「精霊王様にお会いしました」

「ほう。お主がファースト・ダンジョン踏破後に出会ったという精霊王様か」

「はい」

現在生きている精霊術の使い手は俺《おれ》だけなので、精霊王の存在について真偽《しんぎ》を確かめる方法はない。俺の話を信じるか否《いな》か――支部長は信じてくれた。

「『無窮の翼《つばさ》』を追放された晩のことです。夢の中で精霊王様と会い、新たな力と【精霊《せいれい》統《とう》】のジョブを授《さず》かりました」

「……なるほどな。その力とは？」

「今、お見せしましょう――」

『水精霊よ、凍《い》てつく塊《かたまり》となれ――【氷塊《アイス・ブロック》】』

ローテーブルの上にカランと氷塊が落ちる。

「ほう」

支部長は僅かに頬を動かしただけ。

「属性魔法《まほう》特有の魔力の揺らぎが全くない」

「ええ。属性魔法ではありません。これが【精霊統】の精霊術です。他にも――」

指先に小さな炎《ほのお》を灯《とも》し。石の塊を出現させ。そよ風を起こし、書類を舞《ま》い上がらせる。

「この通りです」

「威力《いりょく》の方は？　その顔を見ると自信がありそうだが」

「ええ、ゴブリン相手に試《ため》したのですが――ファースト・ダンジョンならソロでも余裕《よゆう》でしょう」

「カッカッカッカッカッカッ」

破顔して大笑《たいしょう》する。部屋中が揺れるような大笑いだ。

「長生きはするもんじゃのう。面白《おもしろ》いものが見られたわい」

「お気《き》に召《め》したようで、なによりです」

「そうかそうか」

ひと通り笑い終えると、支部長の顔が真剣《しんけん》なものになる。

「それで【精霊統】についてどこまで知っておるのじゃ」

「俺が調べたところ、過去に一人だけいたそうですよ」

精霊術使いはジョブランク２の【精霊術士】までで、ジョブランク３は存在しない――それが常識だ。

しかし、支部長はそれほど驚いた様子ではない。

「ふむ。実はのう、お主のことが気になって、ワシの方でも少し調べたのだ。だが、まずはワシの話より、お主の話を先に聞こう。どこで仕入れた情報だ？」

「はい。王都の王立図書館にあった一冊の本に書いてあったんです。他の本に書かれているのは見たことがないので、本当かどうかは分からないですけどね」

「なるほど。王立図書館か。その本について教えてもらえるか？」

「ええ、もちろん。歴史書のコーナーの奥《おく》の奥にあった、『精霊との対話』という本です」

俺は『精霊との対話』との出会いとあらましを語り始めた――。

◇◆◇◆◇◆◇

――『精霊との対話』。

王都の王立図書館で出会った古い一冊だ。

この本と出会えたのは、精霊の導きがあったからだ。

精霊術使いのジョブを得た俺は、精霊術に関する文献《ぶんけん》をあさった。なにせ、周りに精霊術の使い手が存在しないのだ。情報を得るには、書物にあたるしかない。休みになる度に図書館や本屋、古物商を訪《おとず》れては何かないか探し、知り合いの商人にも探してもらった。なかなか参考になる情報が得られないまま月日が流れ、『精霊との対話』との運命的な出会いをしたのだ。

俺たち『無窮の翼』はセカンド・ダンジョン踏破後に、国王陛下からお呼びがかかった。

ふたつのダンジョンの最速踏破記録を更新し、俺以外の四人はランク3のジョブ、しかも、【勇者】、【剣聖《けんせい》】、【聖女】、【賢者《けんじゃ》】という極《きわ》めてレアなユニークジョブを得た。その功績を讃《たた》え、今後を期待する激励のお言葉を授かる機会を賜ったのだ。

俺たちは謁見《えっけん》のために王都を訪れた。皆、王都は初めてだった。謁見が無事に終わり、緊張《きんちょう》から解放された俺たちは、せっかくの機会なので王都観光に繰《く》り出すことになった。俺以外は王都の大きな市場を見たり、王都ならではの贅沢《ぜいたく》な食事を堪能《たんのう》したりすることになったが、俺だけはみんなと別れ、一人で王立図書館に向かった。

王立図書館はこの国で一番大きな図書館だ。今まで色んな文献を渉猟《しょうりょう》してきたが、有益な情報はあまり得られなかった。だけど、ここならば、なにか発見があるかもと期待を抱《いだ》いた俺は王立図書館の中に入り――圧倒された。

見渡《みわた》す限りの本、本、本。四方を覆《おお》い尽くす本の壁《かべ》が迫《せま》ってくる。

苦手な者にとってはモンスターの大群で、好きな者にとっては宝の山だ。

「なにかお探しでしょうか？」

喋《しゃべ》る本に話しかけられたのかと錯覚したが、眼鏡をかけた初老の男性は図書館の司書だった。

「精霊術について調べたいのですが」

「では、こちらへ」

俺を訝《いぶか》しむ様子もない司書に案内され、目的の場所へ向かった。

「こちらになります」

精霊術に関する書籍《しょせき》はやはり、ここでも少なかった。とはいえ、それでも大きな棚《たな》ひとつは占拠している。半分近くは以前読んだことがある本だったことに少し落胆《らくたん》したが、残りを片《かた》っ端《ぱし》から調べていくことにした。

ここに滞在できる時間は限られている。俺は飛ばし読みで次から次へとページをめくっていく。

全部の本を調べるのに、数時間かかった。ちょっとした情報はいくつか得ることができたが、これぞという発見はなかった。

「やっぱり王都でも、目ぼしい収穫《しゅうかく》はなかったか……」

落胆して帰ろうと思ったところ、精霊がざわめき始めた。しきりに騒《さわ》ぎ立て、俺の注意を引こうとする。

「ん？　なんだ？」

ある場所に俺を誘導《ゆうどう》する意図が感じられた。こんなことは初めてだったので俺は困惑したが、とにかく精霊に付いていくことにした。

精霊に導かれ、図書館の奥へ奥へと進んでいく。入り組んだ書庫の深奥《しんおう》に、書物でできた胃袋《いぶくろ》に、呑み込まれてしまうのではと不安になった頃、精霊が一冊の本を指し示した。

「ずいぶんと古い本だな」

古書が並ぶカビ臭《くさ》い本棚。背表紙を見ても、大半は読めない文字が書かれている。精霊が指し示した本も同様であった。

「これか？　なんて書いてあるんだろ？」

本を開いた俺の手に精霊が纏《まと》わりつく。

「うわっ！」

身体の中に精霊が入り込《こ》むような感触《かんしょく》。途端《とたん》、今まで読めなかった表紙の文字が自然に

理解できるようになった。

「『精霊との対話』か……」

本を開いてみると、当然のように読むことができた。興奮しながら、読書にのめり込んでいった――。

その内容は――。

――一〇〇〇年以上前は精霊術が隆盛《りゅうせい》を極めていた。

――その中でもたった一人、ジョブランクを極めた精霊術使いの男がいた。

――その男こそ、歴史上唯一《ゆいいつ》の五大ダンジョン制覇《せいは》、しかも、ソロクリアを成《な》し遂《と》げた人物である。

――魔王《まおう》を封印《ふういん》したのはその男である。

すべてが衝撃的《しょうげきてき》な記述だった。どれも一般に言われている歴史とは食《く》い違《ちが》う。なかでも、その中で描《えが》かれていた精霊術は想像を絶する強さだった。

――火精霊を用いて、万を超《こ》えるモンスターの大群を森ごと焼き払《はら》う。

――風精霊を用いて、巨大《きょだい》なドラゴンを微塵《みじん》に切り刻む。

――水精霊を用いて、大河を一瞬《いっしゅん》で凍《こお》らせる。

――土精霊を用いて、都市を丸々囲う強固な防壁《ぼうへき》を築き上げる。


おとぎ話の世界だ。だが、俺はこの本を信じた。

「精霊が導いてくれたんだもんな……」

きっと、精霊術はどこまでも強くなれる。

今回は俺だけランクアップできなかった。だけど、いつかは俺もなれるはずだ。それまでは不遇《ふぐう》かもしれないが、頑張《がんば》ってみよう。俺も彼に続く、二人目の五大ダンジョン制覇者になってみせるっ！

本を読み終え、その衝撃的な内容に浸《ひた》っていると、閉館一〇分前を告げる鐘《かね》が鳴った。

「やばっ、急がないと」

俺は慌てて出口へと向かった。

これが俺と『精霊との対話』との出会いだった――。

◇◆◇◆◇◆◇

「――とまあ、こんな感じの内容です」

俺は『精霊との対話』の内容をかいつまんで説明した。

「なるほどのう。精霊術使いにしか読めない書物か……」

この話はシンシアにも伝えていない。

三人ともどう受け止めていいか――その気持ちがひしひしと伝わってくる。

本当ならば歴史がひっくり返る。それだけ衝撃的な内容なのだ。

沈黙が支配する中、支部長が口を開いた。

「お主の話を信じる。ワシもギルドの古い記録にジョブランク3の精霊術使いに関する記述があるのを見つけてな。詳《くわ》しいことは書いてなかったが、きっとその者がお主の言う男なのであろう」

ギルドの記録にも残っていたのか！

支部長の言葉に俺は確信を強めた。

「ジョブとは神の思《おぼ》し召し。お主ならきっと、五大ダンジョン制覇を成し遂げるであろう」

「必ずや」

「シンシアよ」

「はっ、はいっ！」

「そなたならば、ラーズの良き助けとなるであろう。こやつは自分で抱《かか》え込みすぎる。どうかラーズを支えてやってくれ」

「はいっ！　分かりましたっ！」

「ワシの方もギルドの力で調べておく。お互《たが》い定期的に情報交換《こうかん》しよう」

「ありがとうございます」

「そのための窓口は――」

支部長の視線が隣《となり》のロッテさんに向かう。

「ロッテだ。彼女が今日からお主たちの専属だ。頼《たの》んだぞ」

「よろしくお願いします」

ロッテさんが頭を下げる。

「「専属！」」

俺とシンシアの驚きの声が重なった。

――冒険者《ぼうけんしゃ》ギルドの専属担当官。

その名の通り、特定のパーティーを専属で担当する職員のことだ。その存在は知っていた。

しかし、それは原則として【三つ星】パーティー以上か、王族や上位貴族の子女といったやんごとなきお方のパーティーに限られる話だ。『無窮の翼』にもそのうち付くだろうと噂《うわさ》されていたが、まだ実現していない。

それだけ俺のもたらした【精霊統】の情報を重要視しているのだろう。

「ラーズよ」

「はい」

「この街に長居する気はないのだろ？」

「はい。一週間でファースト・ダンジョンを踏破《とうは》する予定です」

「一週間か……。お主たちなら可能であろう。ロッテよ、お主の後任にはミルを考えているが、ものになりそうか？」

「彼女なら大丈夫《だいじょうぶ》でしょう」

「よし。では、それまでに引き継《つ》ぎを済ませよ」

「承知いたしました」

うむ、と頷いた支部長は、時計を確認する。

「おっ、もうこんな時間か。ワシはここで失礼させてもらう。時間をとらせてすまなかったな」

用件は済んだとばかり、支部長は部屋を後にした。

似合わない正装姿だったし、オエライさん同士の会食かなんかあるんだろう。

「思ってたより大事になっちゃったわね」

「ああ。シンシアも驚いただろ？」

「ええ。でも、ラーズの話を聞いたときから、とんでもないことが起こるんだろうなって予想してたわ」

「巻き込んですまない」

「ううん。ラーズに巻き込まれるなら嬉しいわ。一蓮托生《いちれんたくしょう》よ」

「そうか、ありがとう」

「…………コホン」

俺とシンシアが盛り上がっていると、ロッテさんが咳払《せきばら》いをひとつ。やけに響《ひび》く咳払いだった。

「二人だけの世界を作られてるところ、大変申し上げにくいのですが……」

「はっ、はい」

「なっ、なんでしょう？」

威圧感《いあっかん》のある笑顔に、俺もシンシアも動揺《どうよう》する。

「これからは、その一蓮托生に私も含《ふく》まれることになるのですが……」

「そっ、そうでしたね……」

「えっ、ええ……」

「おジャマなようでしたら、先に下に降りていますが？」

「いや、おジャマだなんて、そんなことないですよ。ロッテさんにはお世話になったし、これからもお世話になることだし。なあ？」

「そうですよ。ラーズがお世話になった相手を無下に扱《あつか》うことなんて、とてもできませんよ」

「そうですか。安心しました」

ロッテさんはにっこりと笑う。

「では、パーティー登録を済ませてしまいましょう」

色々あってすっかり忘れていたけど、そもそもの発端《ほったん》はパーティー登録のために俺の冒険者タグを渡《わた》したことだった。

　この部屋にも登録用の魔道具《まどうぐ》があったので、中断されていた登録手続きを再開する。俺とシンシアの冒険者タグを受け取ったロッテさんが魔道具に向かって操作をしながら、書類を埋《う》めていく。

「パーティー名はどうしましょうか？」

「あっ⁉」「あっ⁉」

　慌てて俺とシンシアは顔を見合わせる。

　馬車の中で何時間も話《はな》し込んでいたのに、パーティー名のことをすっかり失念していた。お互いちょっと浮《う》かれていたのかもしれない。

「別に後からでも構いませんよ」

　ロッテさんはそう言ってくれるが、パーティーを組んでいるのに名前がないというのは、どうも締《し》まりが悪い。できれば、今ここで決めたいところだ。ここには俺たちしかいないし――。

「ちょっと今、相談してもいいですか？」

「ええ、結構ですよ」

　ロッテさんから許可も出たので、シンシアと相談する。

「どうしようか？　スマンが、俺はノーアイディアだ。シンシアはなにかある？」

「私もなにもないです」

「うーん」と考え込む俺とシンシア。

俺はこういうのを考えるのが苦手だ。『無窮の翼』の名前を決めたときも、辞書を片手に三日三晩うなり続けて、なんとかひねり出したくらいだ。考えてみても、すぐにはなにも思いつかない。

「あっ！」

「おっ、なにか思いついた？」

「ええ、『精霊の宿り木』というのはどうかしら？」

——『精霊の宿り木』か。

「うん、いい名前だと思う。でも、いいの？」

「なにかしら？」

「それだと、いかにも俺のパーティーって感じだけど」

「ええ、そうよ。あなたのパーティーだもの。頼《たよ》りにしているわ、リーダー」

パーティー名をつけるときに、リーダーの特徴《とくちょう》からつけるというのはよくあるパターンだ。シンシアが以前所属していた『破断の斧《おの》』もリーダーのジェイソンが斧使いだったからだ。

ただ、そういう名だと、どうしてもリーダーのワンマンパーティーという印象を与《あた》えてしまう。だけど、まあ、シンシアが納得しているなら、それで構わないか。

「『精霊の宿り木』でお願いします」

「意外と早かったですね。分かりました。ラーズさんとシンシアさん、パーティー『精霊の宿り木』で登録いたします」

ロッテさんはまた魔道具に向かう。

「パーティー登録と拠点変更《きょてんへんこう》、完了《かんりょう》いたしました」

処理の済んだ冒険者タグを返してもらった。

「他にもなにかございますか？」

「いえ」

「宿の斡旋《あっせん》は必要でしょうか？」

「大丈夫です。長年住んでましたからね」

「そうですよね」

三年も暮らしていたんだ。この街は知り尽《つ》くしてる。

「それでは、これからもよろしくお願いします。私が専属担当となりましたので、ギルドにご用の際は私に声をかけてください」

「はい、分かりました。こちらこそ、また、お世話になります」

「お世話になります」

ロッテさんにお礼を述べて、俺たちは冒険者ギルドを後にした――。

◇◆◇◆◇◆◇

――ラーズとシンシアが冒険者ギルドを去った後。

「ミルちゃ～～～ん」

「なんですかぁ？　ロッテ先輩《せんぱい》。良いことでもありましたか？」

「ええ、そうね。とっても良いことよ」

「え～、なんですか～？　気になりますぅ」

「良いことってのはね、あなたに関することよ」

「えっ⁉　本当ですか？」

「ええ」

「なんですかぁ？　はやく、教えてくださいよぉ～」

「では、発表します！」

「………（わくわく）」

「ミルちゃんは受付補佐《ほさ》から受付担当に昇進《しょうしん》で～～～す。ぱちぱちぱち！」

「えええええ～～～～～～！！！　本当ですか!?」

「ええ、本当よ。給与《きゅうよ》も五割増しよ」

「わーい、やったああああ！！！」

「それでね……」

「はい？？」

「私は一週間後に異動になるの」

「えええ、そうなんですか？　淋《さび》しいですぅ」

「ええ、私もミルちゃんと別れるの淋しいわ」

「先輩、どこに異動なんですか？」

「まだ詳しくは言えないけど、あるパーティーの専属になるのよ」

「えええぇ、すご～～～い。栄転じゃないですかぁ！！　おめでとうございますぅ」

「ありがとうね。でもね、私のことはいいのよ。それよりも、ミルちゃん。あなたにもうひとつ伝えなきゃいけないことがあるのよ」

「なっ、なんでしょう？」

「残り一週間でミルちゃんへの引き継ぎを終わらせなきゃいけないのよ。だから、今後一週間、ミルちゃんの自由時間はゼロ。予定は全部キャンセルしといてね」

「ぎゃあああああ！！！　鬼畜《きちく》ぅ～～～～～～～～～～！！！　明後日《あさって》、彼氏《かれし》の誕生日なのに～～～～～！！！！！」

「彼氏？　そんなの丸めてゴミ箱にポイしときなさいよ」

「二年もつき合った彼氏ですよぉ～。そんな書き損じた書類みたいに気軽に言わないでくださいよぉ～～～」

「大丈夫よ。失敗したら、気持ちを切り替《か》えて新しいのに取りかかれば良いだけよ」

「それ書類の話ですよねぇ！！！　ワタシ、彼氏の話をしてるんですけどぉぉぉ！！！　大切な彼氏なんですけどぉぉぉぉぉ！！！！！」

「大切なのは一番上の鍵《かぎ》付きの引き出しに仕舞《しま》わないとダメよ」

「それも書類の話ぃぃぃぃぃ！！！！！　彼氏のぉぉぉ、誕生日のぉぉぉ話してぇぇぇぇ！！！！！　明後日なのぉぉぉぉぉ！！！！！」

「あら、明後日なの？」

「そうですぅぅぅぅ!!　さっきからそう言ってますぅぅぅぅ！！！」

「大丈夫よ。急務じゃなければ、主任の裁可を得れば二、三日は延ばせるわよ」

「だから、それ書類ぃぃぃぃぃ！！！　誕生日は延ばせないからぁぁぁぁぁ！！！！！」

「そうそう。この書類、今日までだから仕上げといてね」

「また書類の話ぃぃぃぃぃ！！　しかも、しれっと仕事増やさないでぇぇぇぇぇ！！！！！」


「引き継ぎの話に戻《もど》るけど——」

「戻らないでぇぇぇ!!　まだ、彼氏の話、終わってないからぁぁぁ！！！」

「私も鬼《おに》じゃないから、頑張れば睡眠《すいみん》時間くらいはとれるわよ。一日一時間程度だけど」

「サラッと流されたぁぁぁ!!　つーか、死ぬぅぅうううぅぅぅ〜〜〜〜！！！　寝《ね》ないとお肌《はだ》にダメージがあああああぁぁぁぁ！！！！！」

「まあ、そういうことだから。頑張ってね」

「うわあああぁぁぁぁ～～～～～～！！！！」

その夜、若い受付嬢《うけつけじょう》の叫《さけ》びがギルド中に響き渡ったとか――。

◇◆◇◆◇◆◇

支部長と長く話し込んでしまったせいで、冒険者ギルドから出ると外は既《すで》に暗くなっていた。だが、若い冒険者の熱気は収まることなく、魔道灯の明かりもやる気満々だ。

「この後だけど……って、聞くまでもないか」

「うんっ！」

この後は食事して寝るだけなのだが、街の活気に当てられたのか、冒険者の血が騒ぐのか、シンシアにそのつもりはない。俺も彼女《かのじょ》と同じ気持ちだ。

「今日は肩慣《かたな》らしだよ」

「ええ。本番は明日にとっておくわ」

「じゃあ、一時間くらいにしよう」

「うん！」

話をしながら、ダンジョンに向かう。

浮かれてる者。

落ち込んだ者。

疲《つか》れ切った者。

そんな彼《かれ》らの流れに逆らい、大通りを進んでいく。

「ワクワクするわね」

「ああ、どれだけ強くなったか試せるからね」

「それもだけど、ラーズと一緒《いっしょ》に冒険《ぼうけん》できるのが楽しみなのよ」

「ああ、俺もだ」

言われて実感するが、俺はワクワクしていた。

最近の『無窮の翼』は窮屈《きゅうくつ》で居心地《いごこち》が悪かった。ダンジョン攻略《こうりゃく》も半ば義務みたいな気持ちで臨《のぞ》んでいた。

こんなに楽しい気持ちでダンジョンに向かうのはいつぶりだろうか……。

シンシアが歩く度に、赤と白の戦乙女舞闘装《バトルドレス》の裾《すそ》が揺《ゆ》れ、腰《こし》に吊《つ》るされた無骨なメイスの留め金がカチャカチャと高い音を立てる。このメイスが彼女の武器だ。俺のダガーと同じくミスリル製。サード・ダンジョン攻略武器の定番素材だ。

彼女のジョブはランク2の【回復闘士《とうし》】。回復魔法が使えて、そのうえ近接戦闘《せんとう》も得意なジョブだ。彼女はそのジョブ特性を活《い》かし、屈強《くっきょう》な前衛物理職に交じり、魔力で強化した身体《からだ》でモンスターたちと殴《なぐ》り合う。

その優《やさ》しい人柄《ひとがら》と綺麗《きれい》な見た目からは想像もつかないが、「昨日はストーンゴーレムと殴り合いました」と誇《ほこ》らしげに告げてくる姿を目の当《ま》たりにすると、やっぱり彼女は近接戦闘向きの性格だし、根っからの冒険者《ぼうけんしゃ》気質なのだと痛感する。

これから向かうのは、すべてのダンジョン探索者《たんさくしゃ》が最初に潜《もぐ》るファースト・ダンジョン──『火炎窟《かえんくつ》』だ。

『無窮の翼』のときは三年でクリアした。今回は一週間でクリアしてやる。

五年前、初めてここに来た日のことを思い出す。緊張と興奮で張り裂《さ》けそうなほど昂《たか》ぶっていた。あの日と同じフレッシュな気持ちで俺はダンジョン攻略に挑《いど》む。気負いはない。期待でいっぱいだ。

「あんたら、入り口からか？」

ダンジョン入り口で俺たちに声をかけてきたのは覇気《はき》のない中年男性。冒険者の入退出を管理する冒険者ギルドのダンジョン管理官だ。

二年前と人は替《か》わっているが、やる気が感じられない気怠《けだる》げな態度はちゃんと引き継がれているようで、思わず苦笑《くしょう》してしまう。

ちなみに、噂で聞いたところ、ダンジョン管理官とは冒険者ギルド職員の左遷《させん》先らしい。出世コースから外れ、一日中突《つ》っ立っている仕事。男のダルそうな態度にも納得《なっとく》だ。

そんなやる気のない男でも、新人冒険者に見えない俺たちが入り口から入ることには関心を持ったのだろう。

というのも、ダンジョン内部にはいくつものチェックポイントがあり、通常は登録したチェックポイントに転移して、そこから攻略を再開するのだ。入り口から入っていくのは、まだどこのチェックポイントも登録していない駆《か》け出しの新人だけだ。

「ああ、パーティーをクビになってな。初心に戻って最初からやり直そうと思ってな」

「へ～、物好きなヤツだな」

「ああ、そうかもな。だから、チェックポイントのクリアを頼む」

「それにしても、こんな時間からかい？」

「なに、ちょっと軽くな」

冒険者タグのチェックポイント登録記録は消去することが可能だ。冒険者登録時に貰《もら》ったパンフレットでそれを知ったときは「誰《だれ》が使うんだよ」と思ったが、まさか自分が使う日が来るとは思ってもみなかった。

だが、精霊王様に命じられた通り、俺たちはすべてを消してゼロからやり直す。

「ホントに物好きだな。隣のお嬢《じょう》ちゃんもかい？」

「ええ。私もそうよ」

「じゃあ、冒険者タグを貸してもらうよ」

冒険者タグを受け取った管理官は、専用の機械にタグを合わせる。

「へえ、二人とも【二つ星】か。本当に変わってるなあ」

男の灰色の日常に鮮《あざ》やかな一滴《いってき》が垂れたようだが、それもすぐに溶《と》けて消える。

「はいよ。チェックポイント登録は全部消して、入場記録もつけといたよ」

男から冒険者タグを受け取る。これでダンジョンへの入退出が記録され、ギルドで管理されるのだ。

「『精霊の宿り木』さんか。まあ、頑張りなさいや」

珍《めずら》しいものでも見るような視線に見送られながら、俺とシンシアは『火炎窟』に足を踏《ふ》み入れた――。

入り口をくぐり抜《ぬ》け、十数段の階段を下りると、そこはもうダンジョン第一階層。いつ敵が現れてもおかしくない場所だ。

ダンジョンに入ると、独特のヒリヒリとした緊張感が肌を刺《さ》し、見えない圧迫感《あっぱくかん》が全身を包み込む。弱者であればそれだけで萎縮《いしゅく》してしまうほどだ――だが、今回は拍子抜《ひょうしぬ》けするほど何も感じなかった。むしろ、我《わ》が家《や》に帰ってきたような安堵感《あんどかん》さえ覚える。

「こんなにショボかったっけ？」

「そうね、私も驚《おどろ》いたわ」

ダンジョンからの威圧を感じない理由――それは俺《おれ》たちがつい先日までサード・ダンジョンに潜り続けてきたからだ。あそこの圧に比べたら、ここはぬるま湯みたいなもんだ。

数年前、ここに挑んでいた頃《ころ》は、ダンジョンに入る度に手のひらが滲《にじ》み鼓動《こどう》が速くなったのだが、俺たちも成長したものだ。

パーティー追放後、初めてのダンジョン。しかも、シンシアと二人きり。

少しばかり緊張していたが、肩透《かたす》かしを喰《く》らったおかげで、強張《こわば》っていた力がするりと抜けた。

「懐《なつ》かしいな」

「ええ、そうね」

ファースト・ダンジョン『火炎窟』第一階層――すべてが始まるこの場所。

人間には作り出せない、ぴったりと同じサイズの巨石《きょせき》で組まれた壁と床《ゆか》と天井《てんじょう》。壁や天井はわずかに発光しており、最低限の明るさが保たれている。

そして、ジメッとした肌寒《はださむ》い空気。初めて挑んだ五年前と、全く変わっていなかった。

あのときの記憶《きおく》が蘇《よみがえ》る——。


怖《こわ》いものも恐《おそ》れるものも、これっぽっちもなかったあの頃《ころ》。

根拠《こんきょ》のない自信だけで何でもできる気になっていたあの頃。

冒険者としての成功だけを真《ま》っ直《す》ぐに目指していたあの頃。

そして——この五人ならば制覇できると信じていたあの頃。


五年が経《た》ち、あの頃思《おも》い描いていた姿とはだいぶ違うかたちにはなってしまったけど、俺の中であの日、灯《とも》った炎《ほのお》はより強く燃えている。

精霊王様から新たな力を授《さず》かったし、隣には頼りになる仲間がいる。それに、俺の周りには精霊たちが励《はげ》ますようにフワフワと飛び回っている。

そうだ。俺は一人じゃないんだ。もう一度、ここから這《は》い上がってやる。絶対に五大ダンジョンを制覇してみせる。決意とともに、拳《こぶし》を固く握《にぎ》りしめた。

「不思議な気持ちね」

「ああ。でも、悪くはない」

「そうね。私も同じ思いだわ」

「俺につき合ってくれたこと、感謝してるよ」

「いいえ。私が好きで選んだ道だから」

彼女の言葉に俺の胸が熱くなる。信頼《しんらい》できるパートナーってのはいいものだ。俺はそんなことすら、忘れていたんだな——。

だが、いつまでもここで感傷に浸っているわけにはいかない。

「ねえ、やっぱり……」

「ああ、そうだね」

「うん」

最小限の言葉だけで通じる。

俺も彼女もダンジョンの空気に当てられ、冒険者の本質が顔に出ている。

「予定変更《へんこう》だ。全力で突っ走ろう」

「うんっ！」

肩慣らしのつもりだったが、半端《はんぱ》な気持ちが吹《ふ》っ飛んだ。

どんな場所であっても、全力を尽くしたい。

それが冒険者という生き物だ。

本来、ダンジョン攻略とは長距離走《ちょうきょりそう》だ。

人生をかけて遠い遠い道のりを、ゆっくりと進んでいく。

だが、今回は短距離走。たまにはこういうのも悪くはない。

「どこまで行けると思う？」

「常識的に考えて、第二階層踏破が限界じゃない？」

ダンジョンは広い。最短距離を全力疾走《しっそう》したとして、一時間ではシンシアが言う第二階層踏破が精一杯《せいいっぱい》だろう。

だが、今の俺には――。

「第三階層踏破だ。ついてこられる？」

「あら、ラーズの方こそ。遅《おそ》かったら、置いていっちゃうよ」

相手が全力を出し、自分は全力で応《こた》える。

これが正しい仲間のあり方だ。

シンシアとの間に、本物の仲間意識が生まれた。

「じゃあ、出発の前に――」

俺は火精霊に呼びかける。

『火精霊よ、我とシンシアに纏い、力を与えよ――【火活力《ファイア・エンパワー》】』

続いて、風精霊だ。

『風精霊よ、我とシンシアに纏い、加速せよ――【風加速《ウインド・アクセラレーション》】』

俺たち二人を火精霊と風精霊が包み込む。

「わあ、綺麗。それに力が漲《みなぎ》ってくるわ」

昨日のゴブリン戦では試《ため》し運転だったが、今回はそれより出力を高めてみた。まだ全力ではないが、それでも俺の想像を遥《はる》かに超えている。

「凄《すご》いわっ。身体の芯《しん》から力が湧《わ》いてくるし、羽根になったみたいに身体が軽い！」

彼女は子どものように興奮気味で、俺まで嬉《うれ》しくなる。全く感謝しなかったどっかのパーティーとは大違《おおちが》いだ。

火精霊は身体能力を強化し、風精霊は俊敏性《しゅんびんせい》を高める。このふたつがあれば――。

「どう？　楽勝だと思わない？」

「ええ、ラーズの言う通りになりそうね」

「ああ、だが、油断は禁物だ。切り替えていこう」

「ええ、そうね」

二人とも長年冒険者をやってきた身だ。どんなに余裕《よゆう》な状況《じようきよう》でも、ひとつの油断で窮地《きゆうち》に陥《おちい》る可能性を熟知している。

自然と攻略モードに気持ちが切り替わる。シンシアの目つきも普段《ふだん》より鋭《するど》い――冒険者の目だ。

「よし、行こうか」

「うんっ！」

ここ『火炎窟《かえんくつ》』は全三〇階層で、一〇階層ごとにボスモンスターが出現する。第二〇階層以降は溶岩《ようがん》地帯を通り抜けたり、火山を登ったりと、その名のごとく火炎系《かえんけい》の地形とモンスターが登場するが、そこまでは普通《ふつう》の回廊型《かいろうがた》フロア。

全踏破するのに大体五、六年。ここを全踏破して、ようやく一人前の冒険者として認められるのだが、半数以上は踏破できずに冒険者を引退することになる。

だが、俺たちは一週間でクリアする！

まず手始めに、一時間で第三階層踏破だ！

準備が整った俺たちはダンジョンの奥《おく》へと駆《か》け出す――。

「モンスターは邪魔《じゃま》なヤツだけ排除《はいじょ》して、後はスルーしていこう。ドロップ品も無視で」

「うんっ！」

シンシアは戦乙女舞闘装《バトルドレス》の裾をはためかせながら、ダンジョンを走る。俺もその隣を同じ速さでついていく。普段の全力疾走より速いスピードで走っているが、火精霊と風精霊の加護のおかげで、軽いジョギングくらいにしか感じない。

「速いっ！　疾《はや》いっ！」

進路上に立ちふさがるスライムをメイスで叩《たた》き飛ばしながら、彼女が笑う。俺も離《はな》れた場所にいるスライムを、試し撃《う》ちがてら土精霊の【飛礫《ペブル・ブラスト》】で爆散させていく。

「凄いっ！　凄いっ！」

嬉しそうにブンブンとメイスを振《ふ》り回す彼女の横顔を見て、俺は確信する。シンシアは――戦闘狂《バトルジャンキー》だ。

戦いの場では、誰しもが多かれ少なかれ興奮し、高揚《こうよう》する。そして、なかには「戦いの場こそ、己《おのれ》の生きる場所」とばかり、凄惨《せいさん》な笑《え》みを浮かべ、力を爆発《ばくはつ》させるタイプがいる。間違《まちが》いなくシンシアもその一人だ。

普段の穏《おだ》やかな性格からは想像もつかないが、得てして彼女のような意外なタイプが戦闘狂《バトルジャンキー》だったりするものだ。

「うりゃああ～」

シンシアがメイスを横殴《よこなぐ》りに数体のスライムをまとめて葬《ほうむ》り去る。

「物足りないよ。もっと強いのと戦いたい～」

「ははっ。それはしばらくお預けだ」

「むぅ」

ただでさえ、二人とも【二つ星】。その上、精霊術による支援魔法《バフ》があるのだ。今の俺たちの相手になるモンスターはこのダンジョンにはいない。セカンド・ダンジョンか、下手したら、サード・ダンジョンまでお預けかもしれない。

だが、彼女の気持ちはよく分かる。装備を新調したり、新しいスキルや魔法《まほう》を覚えたりしたとき、どれだけ強くなったのか試したくなる――その気持ちは俺だけでなく、冒険者全員に共通する。

「あっ、この先に冒険者がいるよっ」

いくら興奮状態でも、周りが見えなくなるほど彼女は未熟ではない。

「減速する？」

「ううん。ちょっと試してみる。後ろをついてきて」

「分かった」

通路の幅《はば》は三メートル。そこを五人パーティーが歩いている。まだ素人《しろうと》の皮を脱《ぬ》ぎ捨てていない新人冒険者だ。おっかなびっくり、慎重《しんちょう》に進んでいる。

一段階スピードを上げたシンシアは彼らの合間を縫《ぬ》って駆け抜ける。

俺も彼女の通った後を追っかける。

俺たちが通り過ぎた後、一陣《いちじん》の風に冒険者たちが驚いている。

「うおっ、なんだっ！」

なにが起こったのか——彼らが気づく前に俺たちは彼らの視界から消えていた。

「へへっ、気持ちいい〜」とシンシアはご機嫌《きげん》だ。俺たちはそのまま第一階層を駆け続けた——。


——結局、第一階層は一〇分足らずで踏破した。

「ホント、凄いね。ちっとも疲れないわ」

シンシアは精霊術の効果に驚いているようだ。

「思っていた以上だ」

いい意味で期待は裏切られた。これなら、予定よりも速く攻略できるかもしれない。

「精霊と仲良くできて嬉しいわ。これもラーズのおかげね。ありがとっ！」

シンシアは自分の身体の周りをフヨフヨしている精霊を愛《いと》おしむように撫《な》でる。実際に触《ふ》れるわけではないが、精霊も気持ちよさそうにしている。

【精霊視】のスキルを授かるだけあって、精霊もシンシアが好きなようだ。精霊は俺にとって仲間のような、自分の子どものような存在だ。俺も嬉しくなる。

「さあ、次は第二階層だ。サクサク行こう」

「うんっ！」

俺たちは第二階層へと続く階段を下りていく――。


そして、ダンジョン攻略を始めてから五〇分後。

第三階層踏破《とうは》――目標達成だ。

当初の予定より余裕を持ってクリアできた。

「この調子なら、本当に一週間でクリアできそうね」

「ああ。そうだね。どうだった？」

「うんっ！　凄い楽しかったっ！」

「俺も久々に思い出した。ダンジョンは楽しいんだよ」

「明日はもっと楽しくしようね」

「ああ、そうだね。美味《おい》しいご飯を食べに戻ろっか」

「うんっ！」

俺たちは第四階層に下り、チェックポイントを冒険者《ぼうけんしゃ》タグに登録すると、ダンジョン前まで転移した。続きはまた明日だ。

◇◆◇◆◇◆◇

翌朝、午前一〇時。

混み合う時間を避《さ》け、ゆったりスタートだ。

俺たちは冒険者ギルドを訪《おとず》れた。

ダンジョンに潜る報告がメインだが、他にもうひとつ用事がある。

「この時間のギルド好きなんだ。ズルしたような、得したような気がするわよね」

「ああ、分かるなあ」

この時間は閑散《かんさん》としている。カウンターにも冒険者の姿はまばらだ。

カウンターを見渡《みわた》してみたが、ロッテさんの姿はなかった。

しかたがないので、空いていた窓口に向かい、受付嬢に話しかける。

「『精霊《せいれい》の宿り木』のラーズですけど、ロッテさんに取り次いでもらえますか？」

「……あっ、はい。お話は伺《うかが》っております。少々お待ちください」

受付嬢は後ろを振り返り、「ロッテさーん」と声をかける。

カウンターの後ろは二〇人以上のギルド職員が仕事を行う事務スペースだ。

呼び声にロッテさんが顔を上げるのが見えた。もう一人の若い、というか幼い見た目の女性職員と書類の山を挟《はさ》んで、なにか話をしていた。

「今、行きます。ミルちゃん、この書類やっておいてね」

返事をしたロッテさんは、ミルという名の職員にひと言ふた言言いつけて、こちらへ向かってきた。ミルちゃんはあからさまに大きなため息を吐《つ》き、その顔は疲労困憊《ひろうこんぱい》といった様子だ。

「おはようございます。ラーズさん、シンシアさん」

「おはようございます。というか、大丈夫《だいじょうぶ》なんですか？」

疲労困憊なのはミルちゃんだけでなく、ロッテさんもだった。

目の下には大きなクマ。普段は丁寧《ていねい》に整えられている髪《かみ》も乱れている。それに、いつもよりピリピリしている気がする。

「ええ、大丈夫です。ちょっと引き継《つ》ぎ作業をしているだけですので」

「………そうですか。あまり、無理しないでくださいね」

「ちょっと」と言う割には、どう見ても徹夜《てつや》明けの状態なんだが……。

「大丈夫ですよ。たったの一週間。それを乗り切ればいいだけですから」

「が、頑張《がんば》ってください」

そう言い返すことしかできなかった。

「ご用件の前に、お渡ししたいものがあります」

それは手のひらサイズの魔法処理がなされた金属プレートだった。

「今朝、正式に辞令が出ました。これで私は『精霊の宿り木』の専属担当官に任命されたことになります。このプレートはその任命証ですので、なにかご用件がありましたら、受付の者にご提示ください。すぐに私に取り次がれますので」

「はい。分かりました」

俺は任命証である金属プレートを眺《なが》める。光沢《こうたく》に刻まれた文字を見ても未《いま》だに実感が湧《わ》かない。

「取次はどの窓口でも結構です。混んでる場合は特務窓口でも構いませんので」

――特務窓口！


また、凄い名前が出てきた。

特務窓口というのは、極《きわ》めて緊急性《きんきゅうせい》の高い案件のみを取り扱《あつか》う窓口だ。街道《かいどう》沿いにモンスターが大量発生しただとか。ダンジョンに通常は現れないモンスターが現れただとか。

二四時間いつでもギルド職員がスタンバイしているが、その性質上、仕事はほとんどない。ギルド職員の間では当たりシフトと呼ばれている窓口だ。

しかし、取次だけで特務窓口を使用できるとか、あらためて事の大きさを感じる。

「それで、なんのご用でしょう？」

「ダンジョン攻略について報告しておこうと思いまして」

「では、今日からさっそくダンジョンですか？」

「えーと……昨日、潜っちゃいました」

「ああ、慣《な》らしですか。でも、第一階層なら、試しにもならないのでは？」

「あー、第三階層までクリアしました」

「はい？」

「つい、テンション上がっちゃって、一時間でどこまで行けるかなって試してみたら、行けちゃいました」

「一時間で、第三階層？」

ロッテさんでも、呑《の》み込《こ》むのに時間がかかるようだ。

やっぱり、非常識だよな。俺も他人に言われたら、「下手な冗談《じょうだん》だな」と返す。

「本当ですよ。タグを確認《かくにん》します？」

「いえ、必要ありません。そんな嘘《うそ》をつくはずありませんから。ただ、想像以上で戸《と》惑《まど》ってしまいました」

「自分たちでも驚いてるくらいですからね」

「それにして、本当に一週間でクリアしちゃいそうですね」

「そのつもりです」

ロッテさんは続けて小声でボソッと呟《つぶや》く。「引き継ぎが……」とか聞こえたけど、俺の勘違《かんちが》いだろう。

「今日も、ダンジョンですか？　久しぶりに戻ってきたのですから、観光してみたらどうですか？　新しくできたオススメのレストランとか、紹介《しょうかい》できますよ」

「お気持ちはありがたいのですが、ダンジョンより楽しい場所を知らないので」

「まったく、冒険者とは難儀《なんぎ》な職業ですね」

「拠点《きよてん》確保がすんなり進めば、午後からでも。今日はちょっと飛ばしてみようかと」

「一時間で第三階層踏破は十分に飛ばしていると思いますが……」

「あはは……それで今日は第一〇階層までクリアしようかと」

「まさか……フロアボスまで？」

「ええ、サクッと狩《か》ってこようかと」

俺の言葉に「……勘弁《かんべん》してよ」というロッテさんの呟きが聞こえたけど、きっとこれも俺の勘違いだろう。

「では、帰還《きかん》後にご報告お願いいたします」

「えっ？　でも、何時になるか分からないですよ？」

「ええ、何時でも問題ありません」

それが当たり前とばかり、ニッコリと笑うロッテさん。目の下の大きなクマが、とっても怖かった。

――ギルド職員はドラゴンよりタフじゃないと務まらない。

巷間《こうかん》伝えられる話は、あながち間違っていないのかも……。

「あと、拠点を短期で借りたいです」

これがもうひとつの理由だ。

一泊《ぱく》して思ったが、やはり、この街の宿屋はダメだ。ほとんどがお金に余裕のない冒険者向けの安宿で、自分たちの拠点を構えるドライの街の生活に慣れた俺とシンシアにとっては快適とは言い難《がた》いし、なによりも、隣《となり》の部屋に赤の他人がいる状況は落ち着けなかった。比較的《ひかくてき》マシな宿だったが、一泊で勘弁というのが正直な気持ち。

昔はこれが当たり前だったのだが、俺もずいぶんと贅沢《ぜいたく》になったものだ。

とまあ、そういう事情があって、短期間ではあるが家を借りることにしたのだ。

「分かりました。不動産担当に任命証を提示していただければ、スムーズにいくと思います」

「助かります」

ロッテさんに言われた通り、不動産担当の職員に専属担当官の任命証を見せると、話はトントン拍子《びょうし》に進んだ。

「寝室《しんしつ》がふたつにリビング。ギルドに近い場所がいい。それと期間は一週間だ」

担当は中年の男性だった。俺たちが条件を提示すると、男性は渋《しぶ》い顔をした。

「一週間ですか？」

「ああ」

「短期間は嫌《いや》がる家主が多いんですよね」

「長居をするつもりはないんだ。相手が渋るなら、相場にいくらか上乗せしても構わない」

「それなら、なんとかなりますね。ちょっと調べてみます」

「ああ、よろしく頼《たの》む」

その後、いくつか内見し、そのうちのひとつを借りることにした。

間取りも、ギルドまで徒歩五分という立地も申し分ない。ただ、急な話だったせいで……。

「結構、埃《ほこり》を被《かぶ》っているわね」

「ああ」

部屋内にはうっすらと埃が積もっている。普通だったら、今日一日掃除《そうじ》に掛《か》かりきりになるところだ。しかし、俺には精霊術がある。試すのは初めてだが、【精霊統】としての直感が大丈夫だと告げている。

『風精霊よ、塵《ちり》と埃を集め、外に運び出せ――【吹飛《ブロウ・アウェイ》】』

風精霊が家中の塵と埃をかき集め、開けておいた窓から外に捨てる。

続いて――。

『水精霊よ、部屋と家具を清めよ――【清掃《クリーン》】』

水精霊が床や家具を綺麗に磨《みが》き上げていく。

「すごい、ピカピカじゃない！」

「ああ、便利だなこれ」

軽い気持ちで試してみたが、その成果はバッチリ。あっという間に綺麗で快適な部屋へと生まれ変わった。

「これなら、すぐダンジョンに行けるな」

「じゃあ、支度《したく》してくるわね」

「ああ、俺もすぐ済ます」

俺とシンシアはそれぞれ割り当てた自室に向かう。

ローブを羽織り、腰のダガーを確認する。これが俺の装備だ。

くすんだ黒灰色《こくかいしょく》の膝丈《ひざたけ》まであるフード付きローブ――『バロメッツの黒ローブ』だ。サード・ダンジョン中盤《ちゅうばん》に登場するバロメッツという、羊と植物が融合《ゆうごう》したようなモンスターのドロップ品であるバロメッツ・ウールで編み上げたものだ。ドライの街で仕立ててもらった特注品で、軽い上に魔力《まりょく》を流せば高い防御力《ぼうぎょりょく》を発揮する、サード・ダンジョンでも通用する一級品だ。

ダガーの名は『ルナティック・ミスリル・ダガー』。セカンド・ダンジョン最終ボスのドロップアイテムで、魔力を込めると切れ味と耐久性《たいきゅうせい》が増すマジックアイテムだ。

近接武器に関しては、ゴブリン戦で試したように、このダガーと精霊術で作り出した武器を使い分けてくつもりだ。

燃やし尽《つ》くす炎剣《えんけん》。
斬撃《ざんげき》を飛ばす風剣。
斬《き》り凍《こお》らせる氷剣。
力で叩き潰《つぶ》す土剣。

これらをそのまま使ってもいいし、ダガーと二刀流でもいい。それ以外にも、腕《うで》に纏《まと》わせて殴りつけてもいいし、槍《やり》や弓矢など、精霊で他の武器を模してもいい。無限ともいえる多彩《たさい》な攻撃《こうげき》が可能で、早く試したくてしょうがない。

あっという間に準備が整った俺は、早速《さっそく》リビングに戻《もど》った。

シンシアはまだだった。彼女《かのじょ》は俺と違《ちが》って時間がかかる装備だから仕方がない。テーブルに向かって腰を下ろした俺は、ポケットから魔時計を取り出して、時間を確認する。

——午前一一時九分。

手のひらサイズの円《まる》い銀無垢《むく》の時計だ。本体と同じ素材のチェーンがついており、首から下げても使える。

地上と異なる環境《かんきょう》であるダンジョン内は、ただでさえ時間を把握《はあく》しづらい。緊張《きんちょう》状態であればなおさらだ。一時間単位でしか計れない低級品でも、あるとないとじゃ大違いだ。

俺のは秒単位で計れる高級品。これがあれば、戦闘を時間で管理できる。

「前衛が突っ込んでから、三〇秒後に攻撃魔法を打つ」だとか。

「魔法障壁《しょうへき》を一分ごとに張り直す」だとか。

もっともそのためには高度の連携《れんけい》が要求される。

『無窮の翼《つばさ》』にいた頃は、こまめに魔時計を確認しながら、みんなに秒単位で指示を出していた。もっとも、半分くらいは無視されたし、「エラそうな口を利《き》くな」と罵倒《ばとう》されたことも数知れず。それでも、致命的《ちめいてき》な事態を避けることができたのは、俺が諦《あきら》めずに指示を出し続けたからだと自負している。

時間管理はそれくらい重要だ。昨日のメモで、精霊術をかけ直す時間やシンシアのスキルに要する時間などを再確認する。

それにしても、ダンジョン生活に慣れ、魔時計があるのが当たり前になって、俺の中で「時間」の概念《がいねん》がガラッと変わった。

村で暮らしていた頃は、朝昼晩となんとなくの時間区分しか気にしていなかった。たとえば、「朝の早い時間」とか、「日が暮れる前」とか。待ち合わせするのも、「昼飯を食べたら」とか、大雑把《おおざっぱ》なものだった。

それが今では、誰かが待ち合わせに五分遅《おく》れただけで気になってしまう。たったひとつの魔道具の影響《えいきょう》で、これだけ考え方が変わってしまうとは、自分でも驚きだ。

――ガチャリ。

リビングの扉《とびら》が開き、シンシアが姿を現した。

「お待たせ」

柔《やわ》らかく微笑《ほほえ》む彼女の美しさに、俺は目を奪《うば》われる――。

赤と白の戦闘《せんとう》用のドレス姿――戦乙女舞闘装《バトルドレス》。

赤を基調に差し色としての白。

袖《そで》は二《に》の腕が半分剥《む》き出しになる短さで、スカート丈《たけ》は膝上《ひざうえ》のワンピーススタイル。

見た目は華《はな》やかなドレスと変わらないが、ダンジョン攻略《こうりゃく》に耐《た》えうる立派な防具だ。

俺のローブなんかと同じく、魔力を流すことによって強度を発揮する防具だが、ローブと違って近接戦闘中心の戦闘スタイルを前提としている。軽くて動きやすい上に、魔力を流すと下手な金属を上回る強度になる。戦乙女舞闘装《バトルドレス》はシンシアのような魔力が豊富な近接職には最適な装備だ。

昨日も見たはずなのに、こうやってあらためて見ても視線が釘付《くぎづ》けになる。

「変かしら？」

「いっ、いや……。とっても似合っているよ」

まさか、彼女の美しさに見惚《みと》れていたとは言えない。俺は慌《あわ》てて取り繕《つくろ》った。焦《あせ》っていても、とっさに「似合っている」と付け加えることができた自分を褒《ほ》めてやりたい。

そんな俺の言葉で、シンシアの頬《ほお》にさっと朱《しゅ》がさす。彼女も照れているんだろうか？

彼女なら褒められ慣れていると思うのだが……。

「そう。ありがとうね……。ラーズも格好《かっこ》いいわよ」

「ああ、ありがとう」

俺が言った「似合っている」は本心からの言葉だが、彼女の言葉はお世辞だろう。

俺はクリストフのようにイケメンじゃないし、装備もくすんだ色合いの地味なものだ。

まあ、でも、お世辞だと分かっていても、嬉しいものだ。ここしばらくはパーティーメンバーから褒められることなんてなかったからな。

「お世辞じゃないよ」

俺の気持ちを察したのか、シンシアがニッコリと笑顔《えがお》を見せる。

彼女の言葉に顔が火照《ほて》り、誤魔化《ごまか》すように口を動かす。

「じゃあ、行こうか」

「うん!」

◇◆◇◆◇◆◇

拠点を出発した俺たちは、早速ダンジョンに向かう。

ここアインスに限らず、ダンジョン街はどこもダンジョンを中心に発展してきた歴史があるので、どこも街の中央にギルドとダンジョンがある。

どちらも、借家から歩いて五分もかからない。道も単純。大通りに出たら、それを真っ直ぐに進んでいけばいいだけだ。

「お昼は屋台で買っていこう」

「ええ、そうね」

大通りには様々な屋台が並んでいる。屋根と車輪が付いただけの簡素な作りの木製屋台だ。

メインターゲットは、この街の半数以上を占《し》める冒険者たちだ。

屋台で軽食を買って、歩きながら食べる。冒険者の昼飯なんて、そんなもんだ。

「オニギリでいいか？」

「うんっ！　あれっ、ラーズもオニギリ好きなの？」

「まあ、俺も好きだけど……」

「だけど？」

「前にシンシアが『オニギリが好き』って言ってたから」

「覚えてくれていたんだ。嬉しいっ！」

よっぽど嬉しかったのか、いきなり抱《だ》きついてきた。

「ちょっ――」

俺《おれ》もシンシアも布装備。彼女の体温がダイレクトに伝わってくる密着状態だ。

温かい。

柔らかい。

そして、いい匂《にお》い――。

スレンダーな体形のシンシアだけど、出ているところは立派に出ている。反則なくらいに。俺の胸にふにょんと潰れるソレは俺の理性を掻《か》きむしる。このままじゃ――。

「あっ、ゴメン。つい、嬉しくって」

シンシアは俺から離れ、ペロッと舌を出す。ああ、もう、可愛《かわい》いな。

しかし、危なかった。あと数秒くっついたままだったら、理性が決壊《けっかい》するところだった……。

彼女は凛《りん》とした見た目に反して、感情の振幅《しんぷく》が激しいというか、感情がそのまま行動に出るというか、子どもっぽい真っ直ぐな一面を持っている。俺が追放されたことを知って、後先考えずに追いかけてきたくらいだ。

「どうしたの？」

「ああ、いや……」

「馴《な》れ馴れしかった？」

「いや、そうじゃない」

「？？」

「抱きつかれたのは……イヤじゃなかった。というか……嬉しかった。いきなりでビックリして固まってただけだよ」

「えへへへ。そうなんだ～。良かった～」

嬉しそうにシンシアは屈託《くったく》のない笑みを浮《う》かべる。

「じゃあ、行こうっ！」

「ああ」

シンシアに手を引かれ歩き出す。

「確か、この辺だったはず……。あっ、あったよ～」

早速オニギリ屋を発見した彼女が俺の手を引っ張って走り出した。

「へい、らっしゃい。なんにしましょ」

額に鉢《はち》巻《ま》きを巻いた威勢《いせい》の良いオッチャン店主が声をかけてくる。

「おっ、嬢《じょう》ちゃん久しぶりだね」

「オッチャンも久しぶり。四年ぶりなのによく覚えてくれてたね」

「そりゃ、毎日のように来てた常連は忘れないさ。ただでさえ、嬢ちゃんはべっぴんさんなんだから」

「またまたー、相変わらずお上手なんだから」

「ははは。安くするからいっぱい買ってってよ」

四年ぶりに現れたというのに、店主は全く詮索《せんさく》してこなかった。

一度アインスを離れた者が再度戻ってくることは、まずありえない。

冒険者の道は一方通行。ひたすらにダンジョンを進んでいくだけだ。

俺たちのケースは例外中の例外。普通だったら興味を持ち、その理由を尋《たず》ねたくなるだろう。

しかし、店主のオッチャンは気にする素振《そぶ》りもなく、営業用の笑みを浮かべたまま。

うん。このオッチャンはいい人だ。俺は第一印象でオッチャンが気に入った。アインスに滞在《たいざい》する短い間だけでも贔屓《ひいき》にさせてもらおう。

「う〜ん、どれにしようかな〜」とシンシアは真剣《しんけん》な表情でオニギリを選ぶ。

屋台には一〇〇個ほどのオニギリが所狭《ところせま》しと並んでいた。

まだ昼食には少し早い時間。これからが書き入れ時なのだろう。

このオニギリという携帯食《けいたいしょく》、元々は異世界からやってきた者の郷土料理らしいのだが、今では大陸中に広まり、どこの街でも屋台が見つけられるほど普及《ふきゅう》している。

白米を具と一緒《いっしょ》に握《にぎ》り固め、海苔《のり》を巻いたオニギリ。

その具はバリエーションに富んでおり、飽《あ》きることなく食べられる。定番だけでも一〇種類以上あるのに加えて、店によってはオリジナルの具を提供しているから、未知の味に冒険《ぼうけん》する楽しみもある。まあ、後悔《こうかい》する場合も多々あるんだが……。

「じゃあ、苺《いちご》ジャムと、チョコレートと、はちみつ。それといつものやつね」

「はいよー」

「はっ？」

驚《おどろ》きのあまり、声が出てしまった。彼女がオニギリ好きなのは聞いていた。甘《あま》いものが好物であることも知っている。でも、そこは混ぜちゃダメだ！

というか、なんでこの店は甘味《かんみ》オニギリのレパートリーが豊富なんだっ！

よく見たら、並んでいる大半が甘味オニギリだ。個性的なオニギリ屋はいくつか見てきたが、ここまで突《つ》き抜《ぬ》けている店は初めてだ。

知らなかったシンシアの一面を知れたのは嬉しいんだけど、ちょっと微妙《びみょう》な気持ちだ。

それに、彼女が言ってた「いつものやつ」ってのも気になる……。

勧《すす》められたら、どうやって断ればいいんだ？

「甘いオニギリ好きなんだ……」

「うんっ！　大好きっ！　オニギリは甘くないとねっ!!」

「そうなんだ。知らなかったよ」

彼女とは何回か一緒に食事したけど、全然気が付かなかった。

せいぜい、デザートになると目の色が変わることに気づいたくらいだ。そのときは「甘味好きなんだ」くらいの認識《にんしき》だったけど、オニギリまで甘いものにするほどの筋金入りだとは思わなかった。

なんとも言えない表情の俺を余所《よそ》に、シンシアは笑顔の花を咲《さ》かせている。

「はい、お待ち～。三〇〇ゴルだよ。例のものはオマケしといたよ」

「わー、覚えてくれてたんだ。ありがとー」

オニギリ一個がどれでも一〇〇ゴル。「いつものやつ」とやらは、タダにしてくれたみたいだ。

しかし、四年ぶりにやってきて「いつものやつ」で通じるって凄いな。

彼女がとんでもない美人だからってのもあるだろうけど、よっぽど印象に残る客だったんだろうな。

俺たち冒険者はダンジョンをクリアしてその街を離れることを「卒業する」と言ったりする。

次の階層。次のダンジョン。冒険者たちは前しか見ていない。

クリアした街のことは頭から抜け落ちてしまう。

でも、印象的だった人や店は覚えているし、向こうも覚えていてくれる。冒険者ギルド受付嬢《うけつけじょう》のロッテさんしかり。このオッチャンしかり。

普段《ふだん》は前ばかり見ているけど、後ろには自分が歩いてきた足跡《あしあと》が残っているんだ。

俺がそんなことを考えている横で、シンシアは支払《しはら》いを済ませ、オッチャンから茶色い竹皮で包んでもらったオニギリと、付け合わせだという細長い棒状のものを受け取っていた。

「それは?」

「ヌガーだよ。オニギリと一緒に食べると美味しいんだよ~」

ヌガーとは砂糖と水飴《みずあめ》を煮詰《につ》め、ナッツ類やドライフルーツを混ぜ、固めたものだ。

歯に粘《ねば》りつくような食感は好みが分かれるが、栄養価が高く携帯《けいたい》可能で長持ちするので、ダンジョン探索《たんさく》する際の補助食としても人気が高い。

俺もヌガー自体は好きなんだけど、甘いオニギリと一緒に食べることを想像するだけで胸焼けがする。

「そっ、そうか……。良かったな……」

「うんっ! ここのヌガーは絶品なんだよ」

「おっ、嬉《うれ》しいこと言ってくれるねえ」

「ホントだよ。他の街でも食べてみたんだけど、オッチャンのとこほど美味しくなかったよ」

「ははは っ。じゃあ、もう一本オマケだ」

「わーい、やったー」

ヌガーをもう一本もらった彼女は喜んでいるが、オッチャンの方も相好を崩《くず》している。

愛娘《まなむすめ》を見る父親のようにデレデレだ。

「それで、そっちのお兄さんは？」

俺に尋ねてくるオッチャンは笑顔のままであるが、シンシアに向けたのとは別物。あくまでも営業用のものだった。

「この店は甘いオニギリが多いんだな」

「おう。最初は軽い気持ちで置いてみたんだが、この嬢ちゃんみたいに中毒的な常連ができちまってな。気がついたら、こうなっちまったんだ」

シンシアと同じ味覚の持ち主が、商売が成り立つほど存在するのか……。驚きだ。

「まあ、普通《ふつう》の具も扱ってくれてるから問題ない」

「ラーズは甘いのダメだった？」

「甘味自体は好きだけど、オニギリの具としてはちょっとな」

「まあ、好みは人それぞれだからね～」

……………可愛いから許す。

「梅干し二個、おかか二個。付け合わせはたくわんで」

「おっ、兄ちゃんは無難だなあ」

「冒険はダンジョンだけで十分だ」

「ははは、そうかもな。はいよー」

硬貨《こうか》と引き換《か》えにオニギリを受け取る。シンシアのと同じように竹皮で包まれており、まだ握ってからあまり時間がたっていないからなのか、ほんのりと温かかった。

オッチャンの店を後にした俺たちはオニギリを食べながら、ダンジョン目指して大通りを北上する。

シンシアは右手にオニギリ、左手にヌガーを持ち、幸せそうな笑みを浮かべる。ほっぺたにごはん粒《つぶ》がついていても、その美しさは損《そこ》なわれていない。むしろ、シンシアくらい美人だと、逆に可愛らしくてポイント高いくらいだ。

オニギリを食べ終える頃《ころ》には、ダンジョン入り口に到着《とうちゃく》した。早食いも冒険者にとっては必要な能力だ。

間話三　ジェイソン

双剣《そうけん》と強力な光魔法《ひかりまほう》を使い、最強ジョブと謳《うた》われる【勇者】クリストフ。
身《み》の丈ほどの大剣を振《ふ》り回し、敵をまとめて薙《な》ぎ払《はら》う【剣聖】バートン。
膨大《ぼうだい》な魔力を持ち、全属性魔法を使いこなし敵を殲滅《せんめつ》する【賢者《けんじゃ》】ウル。
強力な回復魔法の使い手で、パーティーの守護者である【聖女】クウカ。

「いずれ五大ダンジョンを制覇《せいは》するのでは」と期待が高い『無窮《むきゅう》の翼』を構成する新進気鋭《しんしんきえい》の四人だ。全員がジョブランク3であり、しかも、強力なユニークジョブ。クリストフの【勇者】に至っては数十年に一人しか現れないレアなジョブだ。
そんな錚々《そうそう》たる顔ぶれの中に自分が入って上手《うま》くやっていけるんだろうか——ジェイソンは弱気になっていた。

——『破断の斧《おの》』の元リーダー【戦斧闘士《せんぷとうし》】ジェイソン。

クリストフから勧誘《かんゆう》を受け、今まで自分が率いてきたパーティーはどうでもよくなってしまった。「憧《あこが》れの『無窮の翼』に自分が入れるなんて！」と天にも昇《のぼ》る思いで、加入を即決《そっけつ》した。

しかし、実際に加入が決まり、いざ彼《かれ》らとともにダンジョンに潜《もぐ》る段になってみると、急に心配になってきた。ジョブランクこそ彼らと同じなのだが、ジョブの強さが全然違う。ありふれた強さのジェイソンに比べて、四人のジョブの強さは別格だった。

ジェイソンは彼らの戦闘シーンを見たことがあるが、明らかに自分たちより格上だと感じた。自分たちのパーティーでは全員で倒《たお》すようなモンスターを、彼らは一人で倒してしまう。あの戦闘に自分が交ざれるのか、それが不安だった……。

今日はジェイソン加入後、初のダンジョン攻略だ。彼の実力が試《ため》される場でもある。それを目前にして、彼は不安と緊張を抱《かか》えていた。

拠点のリビングには、クリストフを除く四人が揃《そろ》っていた。

場の空気は最悪で、ジェイソンは今にも逃《に》げ出したい気持ちだ。

バートンは神経質そうに貧乏揺《びんぼうゆ》すりをしながら、大剣の柄《つか》を握り、カチカチと鳴らしている。不機嫌《ふきげん》さを隠《かく》そうともしない。

クウカはソワソワと落ち着かない様子で、クリストフの登場を待っていた。

そして、ウルは我関せずと、広げた分厚い魔導書を読みふけっている。

誰《だれ》もジェイソンを気遣《きづか》うどころか、話しかけすらしない。加入以来、ずっとこんな調子だ。彼が話を振ってみても、「ああ」とか「そうだな」とか簡単に流されるだけだった。

――俺はまだ仲間と認められていない。ダンジョン攻略で自分の力を証明して認めてもらうしかない。疎外感《そがいかん》の中、固く決意する。

「チッ、相変わらず、アイツは遅《おせ》えなあ」

集合時間を過ぎても現れないクリストフに対して、バートンが文句をつぶやいた。彼は苛《いら》ついていた。遅刻《ちこく》しているクリストフに対してもだが、それ以上にこの二日間の出来事に怒《いか》りが収まらないでいる。

『疾風怒濤《しっぷうどとう》』、そして、『闇《やみ》の狂犬《きょうけん》』――ふたつの格上パーティーから、散々バカにされた。

そのときはビビってなにも言えなかった臆病《おくびょう》なバートンであるが、プライドだけはクリストフに負けず人一倍高い。こうしてなにもせずに時間を過ごしていると、どうしてもあのときの怒りが湧《わ》き上がってしまうのだった。

バートンの怒りも知らず、当のクリストフがようやくやってきた。

「よう。みんな準備いいか？」と悪びれた様子もない。

「遅えよ」

「わりぃわりぃ」

クリストフはちっとも反省しておらず、いつも通り飄々《ひょうひょう》とした態度だ。

だけど、クウカだけは知っていた。彼の内心が荒《あ》れ狂《くる》っていることを。

ラーズのときもそうだった。いくら怒《おこ》っていても、憎《にく》んでいても、クリストフはそれを顔に出さない。ニコニコ顔で相手にそれを気づかせずに、復讐《ふくしゅう》の準備を万全《ばんぜん》に整えてから、油断している相手に牙《きば》を剥く——それがクリストフという男だ。

そして、そんなクリストフの歪《ゆが》んだ一面も愛《いと》おしいとクウカは思う。

「チッ、行くぞ」

言っても無駄《むだ》だと、舌打ちして立ち上がるバートン。クリストフの振る舞《ま》いには気に食わないところがあるが、彼の実力と頭の良さはバートンも認めている。だから、文句を言いながらも、クリストフには従っているのだ。

その反面、自分より実力が劣《おと》る相手は徹底的《てっていてき》に見下す。追放したあの精霊術士《せいれいじゅつし》のように。

それがバートンという男だ。

バートンに続いてクウカが席を立ち、ウルも魔道書を閉じる。

ジェイソンもワンテンポ遅れて立ち上がった。

こうして、予定より一〇分ほど遅れて『無窮の翼』はサード・ダンジョンに向けて出発したのだった。

大通りのど真ん中を堂々と進む『無窮の翼』の面々。先頭はクリストフとバートン。その後にクウカとウルの女性陣《じょせいじん》が続く。最後尾《さいこうび》は新入りのジェイソンだ。最初は不安で自信のない足取りの彼だったが、通りを歩いているうちに自信を取り戻してきた。その理由は――。


「おい、あれ『無窮の翼』だぞ」

「おお、ホントだ。俺たちもあんな風になりたいよなあ」

「クリストフさん、今日もカッコいいわ」

「バートンさんも豪快《ごうかい》で、男らしくって素敵《すてき》よ」

「クウカちゃんも可愛いよな」

「いや、俺はウルちゃんだ！　あの守ってあげたくなる姿がたまらん」

「おまえ、ロリコンかよっ！」

「ロリちゃうわっ！　ウルちゃんは普遍的《ふへんてき》妹なんだよっ！　おまえにはそれが分かんないのかっ！」

「分かりたくもねえよ」

その視線はジェイソンにも向けられる。

「つーか、なんかメンバー変わってない？」

「ラーズさん、いないな」

「あ、ホントだ」

「クリストフさんが『無能だから追放した』って触《ふ》れ回ってたよ」

「マジか？」

「前に困ってたときに助けてくれたんだ。いい人だったのに……」

そして、話題はジェイソンに――。

「で、誰なの？　あの新入りの人？」

「うーん、分かんない。でも、渋くてちょっとカッコいいかも」

「そうね。私もタイプだわ」

「『破断の斧』のジェイソンだと思うよ」

「ああ、ジョブランク3の斧使いの人か」

「へえ、『無窮の翼』に引きぬかれたのか～。羨《うらや》ましいなあ」

「な～」

「俺と替《か》わって欲《ほ》しいわ」

「ジョブランク２の俺たちには関係ない話だろ」

「たしかにな」

「「わははは」」

この街に来たばかりの【二つ星】冒険者《ぼうけんしゃ》たちから注がれる憧れの視線だ。その視線にジェイソンは快感を覚える。今までは憧れる立場だったのが、憧れられる立場になったのだ。

自分が『無窮の翼』の一員であることが、なんとも誇《ほこ》らしいジェイソンだった。

『無窮の翼』の拠点《きょてん》は、ダンジョンから目と鼻の先の好立地。ものの数分で到着してしまう。ジェイソンは英雄《えいゆう》の凱旋《がいせん》パレードに加わったかのような高揚感《こうようかん》を覚え、もっとこれが続けばいいのにと名残惜《なごりお》しく思った。

この街に長くいる冒険者たちは『無窮の翼』一行を冷ややかな目で見ていたが、浮かれているジェイソンはそれに気が付かなかった。

「さあ、行くぞ。今日は何階層だっけ？」

「第一〇階層です」

「それくらい覚えとけよ」

「…………」

クリストフの問いかけに、クウカが答え、バートンが文句をたれ、ウルは沈黙《ちんもく》を保つ。

新入りのジェイソンは彼らの会話に加われずにいた。そのことに一抹《いちまつ》の不安を覚えたが、ダンジョン攻略をしているうちに彼らとも打ち解けられるだろうと思うことにした。

――足を引っ張らないようにしないとな。ジェイソンは気合いを入れ直して、ダンジョンに臨《のぞ》んだ。

第四章　ファースト・ダンジョン『火炎窟《かえんくつ》』

今日は昨日の続き。ダンジョンに転移し、第四階層を走り抜けた。

「――一八分。うん、余裕《よゆう》だね」

魔時計で確認《かくにん》して告げる。

「一二分も速いのね。これなら本当に一週間でクリアしちゃいそうね」

当初の予定を軽く上回った。昨日よりも慣れたからだ。

そして、二人とも息ひとつあがっていない。

ここは最初の予定地、第五階層の中間地点――セーフティー・エリアだ。

ダンジョン内には、ここのようなセーフティー・エリアと呼ばれる空間が何箇所《なんかしょ》か存在する。一〇メートル四方かそれ以上の広い空間で、モンスターが入ってくることもないし、モンスターが湧くこともない。

その名の通り、安全な空間で、休息したり、食事をとったりする場所だ。

実際、ここでも五組のパーティーが床《ゆか》に腰《こし》を下ろしてくつろいだり、作戦会議をしたり、軽く剣を合わせたりしている。

「やっぱり、見られてるね」

「そりゃ、二人組なら目立つからな」

彼らの視線が俺たちに集中するが、俺はなんとも思わないし、シンシアは余裕たっぷりに手を振っている。彼女と目が合った少年が目を逸《そ》らし赤くなっている。初々《ういうい》しいな。

ダンジョン攻略は五人パーティーが常識。冒険者タグを使ってパーティー登録ができるのだが、その上限が五人であるからだ。なぜ上限が五人なのか、その理由は分からない。冒険者タグも転移の仕組みも、解明されていない。ダンジョンとはそういうものだと割りきるしかない。

六人以上だとパーティーを組むことができず、経験値の分配ができないし、ボス部屋などの特殊《とくしゅ》な部屋には五人までしか入ることができない。一方、人数が増えると戦力も増し、安全度も高まる。だから、上限いっぱいの五人でパーティーを組むのが常識だ。

二人パーティーは非常識。よっぽどの実力者か、自分の力を過信した大馬鹿野郎《やろう》。そのどっちかだ。俺たちがどちらであるか、見定めるように視線が集まったが、その視線はすぐに逸らされた。

ダンジョン内では他パーティーには不干渉《ふかんしょう》。それが暗黙《あんもく》の掟《おきて》だ。パーティー同士が接触《せっしょく》すればトラブルの元。それを避《さ》けるために、必要以上に他パーティーには関《かか》わらない。救《きゅう》援要請《えんようせい》があった場合は話が別だが、そんな場合でもなければ関わらない。目が合ったというだけで、刃傷沙汰《にんじょうざた》になることもあるのだ。

いくら初心者とはいえ、不躾《ぶしつけ》な視線を送ってくる奴《やつ》らはいなかった。初心者ではあっても第五階層にたどり着いたということは、一年近くダンジョンに潜っているはずで、さすがに冒険者として最低限の常識は身に着けているようだ。そうでなければ、ここにたどり着く前に退場している。

ちなみに、人数の上限という制約があるせいで、俺みたいにパーティーから追放される奴が出てくる。メンバーを入れ替えて、手っ取り早くパーティーを強化しようという考えなのだが、実際は、そう簡単なものではない。パーティーが実力を発揮するのは、個々の連携が取れてこそだ。多くの修羅場《しゅらば》をくぐり抜けて培《つちか》われる阿吽《あうん》の呼吸。いくら強い冒険者であっても、いきなり新しいパーティーに入ってすぐに馴染《なじ》めるわけでもない。そんな当たり前のことなのだが、それすらもアイツらは分かっていない。

「ここで一回、休憩《きゅうけい》しよう」

「昨日もそうだったけど、ビックリするほど疲《つか》れないわね」

精霊術のおかげで、疲れはほとんどない。だが、俺もシンシアも、休憩の重要性は痛いほど知っている。疲れを意識してなくても、時間とともに集中力は落ちていく。

俺たちは空いているスペースを見つけ、腰を下ろした。それぞれ自分のマジック・バッグから水筒《すいとう》を取り出し、冷えた水を口にする。

「冷たくって美味《おい》しい！　こんなに美味しいお水は初めてっ！」

シンシアが驚いたような、喜んだような表情を向けてくる。

「ああ、だろ？」

この水は水精霊の力を借りて生み出したものだ。【精霊統《せいれいとう》】になって初めてできるようになったのだが、この水が極上《ごくじょう》の味だった。しかも、キンキンに冷えている。

俺のマジック・バッグもシンシアのも、内部の時間経過がほぼゼロなので、入れたときの冷たさが保たれているのだ。

火照った身体《からだ》に冷水が心地《ここち》よく染《し》み渡《わた》る。

「足りなくなったらまた補充《ほじゅう》するから、言ってくれ」

「うん。ありがとっ。じゃあ、『疲労回復《リカバリー》』かけようか？」

「あっ、ちょっと待って」

「ん？」

『水精霊よ、シンシアの心に平穏《へいおん》を与《あた》えよ――【水癒《ウォーター・レスト》】』

水精霊に呼びかけると、精霊たちはシンシアを包み込《こ》み、彼女《かのじょ》の身体の中に消えていく。

「これでオッケーだ。『疲労回復《リカバリー》』を頼《たの》むよ」

「うん、分かったわ」

なにが起こるか、だいたい想像がついたのだろう。彼女はワクワクした表情を浮かべている。

『――【疲労回復《リカバリー》】』

俺とシンシアを緑の光が包み込む。彼女の回復魔法を含《ふく》め、精霊術以外の魔法ははっきりと目に見える。だから、目に見えない精霊術はその効果を疑問視され、正当に評価されにくいのだ。ちょっと羨ましいなと思ってしまう。

緑の光が消え去ると、身体から疲れが抜け出ていく。熟睡《じゅくすい》して起きたばかりのような身体の軽さだ。

「ありがとう、楽になったよ」

「予想はしてたけど、びっくりね！」

「そう？」

「いつもとは比べ物にならないほどの効果。それに消費魔力《まりょく》も少ないの……」

彼女の言う通りだ。彼女はジョブランク2の【回復闘士《とうし》】だが、今の『疲労回復《リカバリー》』はジョブランク3の【聖女】クウカのそれと同等の効果だった。まあ、クリストフが「仕事していないラーズにかける必要ない」って言い出したせいで、ここ最近はかけてもらっていなかったのだが……。それを受け入れていた俺も俺だが、やっぱり思い出すと腹が立つな。

ともかく、効果が高かったのには理由がある。

「ああ、水精霊の加護だよ。精神を安定させるんだ。魔法の威力《いりょく》が増したり、消費魔力が減ったりね。精霊同士が干渉するから、俺の精霊術には効果がないけど、多分他の魔法ならなんでも効果があると思う」

「すっ、凄《すご》い……」

「ああ。精霊の力は本当に凄いんだ。感謝しないとな」

「精霊が凄いのは分かったわ。だけど、それを使役《しえき》しているラーズも十分に凄いわよ」

「この力も精霊王様から授《さず》かったものだしな」

「そういう謙虚《けんきょ》なところ、す……素敵よ」

「そっ、そうか……」

なぜか、彼女は顔を赤くしている。褒《ほ》められ慣れていない俺も一緒に赤くなる。気恥《きは》ずかしくて適当な相槌《あいづち》を返すことしかできなかったけど、こうやって評価されるとやっぱり嬉しいな。久しく忘れていた感覚だ。

そういえば、ここ最近はクリストフが言いふらすせいで、他の冒険者からも見下されがちだった。「お荷物」だとか、「無能」だとか、「お情けで入れてもらってる」だとか。

そんな中で、彼女だけは出会ったときから俺を見下すことなく接してくれた。それが無性《むしょう》に嬉しかった。彼女のおかげで、俺は折れることなく冒険者を続けられた。さらには、わざわざ俺を追いかけて、「一緒にパーティーを組みたい」と言ってくれたんだ。

やる気が高まるとともに、彼女への感謝の気持ちが湧き起こる。俺は自分の気持ちを素《す》直《なお》に伝える。

「ありがとう。そうやって褒めてくれると嬉しいよ。シンシアとパーティーを組めて俺も嬉しい」

「こちらこそ、ラーズと一緒で嬉しいわ」

今日も楽しい。ワクワクする。雑魚《ざこ》モンスターしか現れない。危険要素はゼロ。

なのに、ダンジョン攻略《こうりゃく》の楽しさを久しぶりに思い出した。それもすべて彼女が隣《となり》にいるからだ。

シンシアと視線が絡《から》まる。どれだけ言葉を尽《つ》くしても伝わらない思いが、この一瞬《いっしゅん》で交わり、そして、溶《と》け合う。冒険者をやってて良かったと実感する瞬間《しゅんかん》だ。久しぶりすぎて忘れてたな。

「じゃあ、こっちも支援魔法《バフ》をかけ直しておくよ」

「うんっ、お願い！」

俺は精霊に呼びかける。

『火精霊よ、我とシンシアに纏《まと》い、力を与えよ――【火活力《ファイア・エンパワー》】』

『風精霊よ、我に纏い、加速せよ――【風加速《ウインド・アクセラレーション》】』

ダンジョン入り口でかけた火と風の加護を再度かけ直す。支援魔法《バフ》というのは、通常その効果が時間とともに減衰《げんすい》する。一般的《いっぱんてき》な支援魔法《しえんまほう》である付与魔法《ふよ》でもそうだし、俺の精霊術もジョブランク2の頃はもって一〇分というところだ。

それゆえ、支援効果を切らさないように、最適なタイミングでかけ直す技術が支援職には必須《ひっす》になる。しかし、ジョブランク３である【精霊統】の効果はとてつもなかった。ここまで一時間経過しても、二割ほどしか減衰していないのだ。数時間も効果が持続する支援魔法なんて聞いたこともない。

支援魔法の有効時間が長ければ、かけ直す回数が少なくて済み、その分だけ他の魔法に魔力を回すことができる。俺《おれ》はあらためてジョブランク３の凄さを実感した。

さて、準備は整った。さっさと出発しよう。

「よし、休憩終わりだ」

「ええ、行きましょう」

俺たちはセーフティー・エリアを後にし、先へと進む。

◇◆◇◆◇◆◇

第五階層のセーフティー・エリアを後にした俺とシンシアは、途中《とちゅう》二回の休憩を挟《はさ》みながら、ダンジョンを突っ走った。

『火炎窟』は最初のダンジョンということで、浅い階層は分かれ道も少ない簡単な構造をしている。しかし、階層が深くなるにつれて広くなり、その構造は複雑化し、迷路《めいろ》のような作りになっていく。

攻略するには何日も何日もかけて挑戦し、少しずつ踏破《とうは》領域を広げていくしかない。

だが、俺もシンシアも過去にクリア済み。最短ルートは熟知しているし、道中のモンスターも妨《さまた》げにはならない。俺たちは最短ルートを駆《か》け抜け、予定より早く目的の場所に到《とう》達《たつ》した。

「三時間五五分と」

「本当にここまで来ちゃったわね」

「ああ、ちゃんと間に合った」

予定通り、四時間を切れた。

俺たちは第一〇階層最終地点——最奥《さいおう》の間の入り口前にいる。

目の前には見上げるほどの大きな扉《とびら》。その奥《おく》に控《ひか》えているのは——通称《つうしょう》ボス部屋。

『無窮《むきゅう》の翼《つばさ》』で挑戦したときは、ここまで来るのに一年かかった。

だが、今日はたったの四時間。【精霊統】でなければ、この速さは出せなかった——強くなったんだ。その実感を確かめるように拳《こぶし》を強く握りしめる。

「じゃあ、行こう」

「うん。ホントは暴れたいけど、今回はラーズに譲《ゆず》るね」

「次はシンシアに任せるよ」

精霊術の支援魔法《バフ》をかけ直し、シンシアに『疲労回復《リカバリー》』をかけてもらう。

それが済むと俺は石扉に向かって右手を伸《の》ばす。

手のひらが巨大《きょだい》な石扉に触れると、その部分が淡《あわ》く光る。そして――石扉はズズズと音を立てながら勝手に動き出し、完全に開ききって止まった。

ボス部屋に足を踏《ふ》み入れると、左右の壁《かべ》に設置された篝火《かがりび》が灯《とも》り、部屋の中が明るくなる。

自動で開く扉といい、この篝火といい、不思議でしょうがないが、「ダンジョンとはそういうものだ」と割り切るしかない。

篝火がついたおかげで、室内が明らかになる。部屋の広さは二〇メートル四方。高さは五メートルほどだろうか。これまでの道中と同じく石造りの部屋だ。

「さて……お出ましだ」

扉を開いてからちょうど一分。部屋の主が出現する。

――ウォォォおおおお！！！

威嚇《いかく》するように大声を上げたのはこの部屋の主――フレイム・オーガだ。

オーガ族は身長二メートルを超《こ》える人型モンスターで頭部にツノがあるのが特徴《とくちょう》だ。知性は低いが身体能力は高く、物理特化のモンスターだ。

オーガ族には様々な亜種《あしゅ》が存在する。『火炎窟』の第八階層から第一〇階層でも、通常種も含めて数種類のオーガが出現する。

そして、このフレイム・オーガもその一種だ。体格は通常種のオーガをふた回りほど大きくしたもので、身長は三メートル超《ちょう》、頭部には三本のツノを生やしている。オーガ族はツノが多いほど強くなる。フレイム・オーガはオーガ族では中々の強さだ。

身に着けているのは粗末《そまつ》な腰蓑《こしみの》だけ。そして、その手には炎《ほのお》を纏った二メートル近くある金棒が握《にぎ》りしめられている。

巨大な身体から打ち下ろされる鉄の塊《かたまり》。その速さと重さは並みのモンスターの攻撃《こうげき》の比ではない。そして、金棒をガードできたとしても、纏う炎によってダメージを受ける戦いにくい相手だ。

その反面、素早《すばや》さは大したことがないし、攻撃も大振《おおぶ》りで単調だ。金棒による攻撃を見切れるようになれば――時間はかかるかもしれないが――それほど苦戦せずに倒せる相手だ。

とはいえ、ここまでの道中で出会うオーガ族とは一線を画した強敵だ。オーガ族に慣れたつもりの冒険者が同じような気持ちで挑《いど》めば、痛い目を見ることになる。

フレイム・オーガはダンジョン攻略を始めた冒険者たちに立ち向かう最初のボスモンスターだ。その討伐《とうばつ》成功率は八割。二割の新人冒険者たちが、こいつを倒せずに命を散らすか、引退するのだ。

この部屋は最初のボス部屋ということで、ピンチになったら入り口から退却《たいきゃく》することが可能だ。ボス部屋によっては戦闘《せんとう》が始まると入り口の扉が閉まり、ボスを倒すまで開かないものもある。もし、そうであったら、ここの討伐成功率は五割を切るだろう。

何度も挑戦《ちょうせん》して、命からがら逃げ帰《かえ》り、戦力を強化し、作戦を練り直し、その末に勝てる相手だ。

「うわ、懐《なつ》かしい！」

「ああ、やっぱり初めてのボスだから、印象的だよな」

俺もシンシアも思い出の相手に出会えた感慨《かんがい》でいっぱいだ。

「倒すのに一ヶ月かかったなあ」

「俺たちも二週間かかった」

「えっ、そんなに？　一発で倒したのかと思ってたわ」

「倒すだけなら、簡単だったんだけどね。丁度いいから、連携《れんけい》の練習相手になってもらったんだ」

「ボス相手に練習って、やっぱり凄かったのね」

「あの頃はまだ、俺の言うこと聞いてくれたんだけどなあ」

呑気《のんき》に話している俺たちに腹を立てたのか、フレイム・オーガが唸《うな》り声を上げ、こちらに向かって歩み寄ってくる。巨体《きょたい》をフラフラと揺《ゆ》らし、その歩みは鈍重《どんじゅう》だ。

「じゃあ、行ってくる。一〇秒で終わるよ」

俺もフレイム・オーガに向かって駆《か》け出す。

今の俺にとってはただの噛《か》ませ犬だ。

緊張《きんちょう》も気負いも全くない。

ヤツのノロマな動きとは対照的に、風精霊の加護で加速した俺の動きは文字通り、風のように疾《はや》い。

瞬《また》く間《ま》に、その距離《きょり》が縮まる――。

ヤツは急接近する俺に驚《おどろ》く。

燃え盛る金棒を慌《あわ》てて振り上げ。

力任せに振り下ろす。

だが、そんな大振りが当たるわけがない。

金棒が床を叩《たた》きつける。

衝撃《しょうげき》で破片《はへん》が飛び散る。
その間に俺はヤツの股《また》をくぐり抜《ぬ》け。
俺は両足を強く踏ん張って、急停止。
後ろに回り込んだ俺を見失ってる。
狼狽《うろた》えてキョロキョロと見回すが。
「どこ見てんだ？」

『水精霊よ、凍《い》てつく剣《けん》となれ——【氷剣《アイス・ソード》】』

手の中に氷の長剣が顕現《けんげん》する。
俺の声にヤツは振り向こうとする。
だが、遅い。遅すぎる。
俺は膝《ひざ》を曲げて反動をつけ——飛び上がる。
ヤツが振り返る前、無防備な背中に向かって。
横薙ぎに氷剣を払う。
紙を斬《き》るような滑《なめ》らかさ。

全く手応《てごた》えがない。

巨木《きよぼく》の幹ほどの胴体《どうたい》を真っぷたつだ。

ヤツの上半身が滑《すべ》り落ちる。

俺の着地と同じタイミング。

ヤツの上半身が床に叩きつけられ、大きな音を立てる。

そして、下半身も同じように倒れ、ドシンと床を鳴らす。

「一〇秒ジャストだ」

こちらは秒単位で把握《はあく》できる。この程度の相手ならば、思いのままだ。

「本当にあっさりだったわね。強すぎだよ」

「ああ」

シンシアがこちらに歩み寄ってきた。

俺も水精霊に声をかけ、氷剣を消し去る。

「自分でもビックリだよ」

目の前に横たわるのは両断されて真っぷたつになったフレイム・オーガの死体。楽勝な相手だとは思っていたけど、まさか、一刀両断とは。

まだまだ【精霊統】の力は使いこなせていない。それでも、この強さだ。もし、このチカラを使いこなせるようになったら、どれくらい強くなるのか——俺は身震《みぶる》いした。

「魔石《ませき》、出たよ」

フレイム・オーガの死体はしばらくすると消滅《しょうめつ》し、後には赤く輝《かがや》く魔石が残された。ボスのドロップアイテムだ。

初回撃破《げきは》時には魔石に加えて炎属性の敵に有効な武器や防具が人数分、それぞれのジョブに応じてドロップする。しかし、俺もシンシアも既《すで》にフレイム・オーガを討伐済みなので、今回のドロップ品はこの赤い魔石だけだ。

俺は屈《かが》んで魔石を拾い上げる。

「こんなに小《ち》っちゃかったっけ?」

直径五センチほどの赤い魔石は、サード・ダンジョンで得られる魔石に比べたらカスみたいなもの。

「昔は凄く大《お》っきく感じたのにね……」

「ああ、嬉《うれ》しくて眠《ねむ》れなかったよ」

「私も」

二人で笑い合う。自然と手が挙がり——パァンとハイタッチ。

「まあ、このサイズでも今夜二人で豪華《ごうか》な食事ができる」

「パーティー結成のお祝いね」

「奮発しちゃおう」

新人冒険者にとっては大金だが、サード・ダンジョンで通常モンスター狩《が》りした方がはるかに儲《もう》かる。

俺たちはすぐにでも、サードに戻《もど》るつもりだ。この程度、使い惜《お》しみしたりしない。

「じゃあ、帰ろうか」

「ええ」


——その瞬間。


部屋全体が激しく揺れた——。

「なっ、なんだ?」

「なにっ?」

フレイム・オーガを倒し、後は帰るだけ——そう思っていた。

ボスを倒した後になにかが起こるなんて話は聞いたことがない。

「非常事態ね」

「ああ」

俺もシンシアもすぐに臨戦態勢に切り替える。

ちょっとでも異変を感じたら、危険に備える――冒険者の身体に染み付いた習性だ。

そして、今回のはちょっとした異変では済まなそうだ。俺の中の危機警報がかつてないほどけたたましい音を上げる。

激しい揺れが収まると――見たこともないモンスターが出現していた。

◇◆◇◆◇◆◇

フクロウ頭の人型。

身長は二メートル。

全身を茶色い体毛がおおっている。

未知のモンスターだ。見たことがないだけではなく、話にすら聞いたことがない。

サード・ダンジョンまでに出現するモンスターはすべて知っているが、そのどれとも様相が異なる。

それだけではなく、モンスターどもとは違《ちが》う邪悪《じゃあく》な気配だ。

なんだコイツは⁉

全く情報がないが、ひとつだけ分かる。


――コイツは強い。


サード・ダンジョンのボス級モンスター、いや、それ以上の強さだ。

底知れない悍《おぞ》ましさに全身鳥肌《とりはだ》が立つ。

魂《たましい》を握られ、今すぐにも逃《に》げ出したい。

だが、なんとか恐怖《きょうふ》を抑《おさ》えつける。

横を見ると、シンシアも踏みとどまったようだ。

「ヤバそうね」

「ああ」

俺もシンシアも一瞬にして、本気モードに切り替わる。

「右ッ！」

「うんっ」

俺の合図で彼女は右に、俺は左に。
モンスターを挟むよう位置取る。
彼女に目で合図。
敵の強さが分からない以上、接近するのは危険。
彼女は離《はな》れた場所で構える。
アイコンタクトだけでちゃんと通じた。
魔時計で計測モードをスタートする。
戦闘からの経過時間を把握するためだ。
敵はまだ動かない。
その間に先制攻撃だ。
初手から出し惜しみなしだ。
全力でぶっ放すッ！
周囲にいる火精霊《ひせいれい》全部に命じて――。
『火精霊よ、球となりて翔《と》び出せ――【火球《ファイア・ボール》】』

巨大な火球を撃《う》ち出すッ!!

直径三〇センチ。

凝縮《ぎょうしゅく》させた高密度火球だ。

火球はモンスターの右肩《みぎかた》に命中。

大きく燃え上がり、右腕《みぎうで》を燃やし尽くした。

マジック・バッグから取り出した魔力回復ポーションを呷《あお》る。

今から五分経過するまでは、魔力回復ポーションを飲んでも効果がない。

それまでは慎重《しんちょう》に精霊術を使わねば。

今の火球は現時点での最大威力攻撃《いりょくこうげき》だ。

大量の魔力消費に見合う大ダメージを与えた。

この調子ならなんてことないのだが……そう簡単にはいかない予感がする。

そして――その予感は的中した。

右肩の傷口から黒いモヤのようなものが現れ、あっという間に腕が再生した。

「やっぱり、そう甘《あま》くはないよな……」

「あの黒モヤが厄介《やっかい》ね」

「ああ、なんとかできればいいんだが」

モンスターが俺に向かい、口を開いた。

「――我《わ》が名はアモン。魔王陛下《まおう》の眷属《けんぞく》、炎侯爵《えんこうしやく》アモン」

金属をすり潰《つぶ》したような不快な声。

耳だけでなく、魂まで汚染《おせん》する声。

――炎侯爵アモン、だと⁉

俺は『精霊との対話』の記述を思い出す。

魔族には階級がある。

魔王を頂点に、強さに応じて階級分けされている。

そのなかでも、侯爵は魔王、四天王に次ぐ高位魔族。

アモンという名にも聞き覚えがある。

一〇〇〇年前も強敵として立ちはだかった相手だ。

おいおい、こっちは【精霊統】になったばっかだぞ。

冗談《じょうだん》はよしてくれよ。

だが、やるしかない。

「キサマは精霊使いか。憎《にく》き精霊使いよ――」

アモンが腕を前に突《つ》き出す。

黒モヤがヤツの手のひらの上に集まり――。

「死ね――」

『水精霊よ、凍てつく壁となれ――【氷壁《アイス・ウォール》】』

アモンが黒弾《こくだん》を撃ち出す。

それと同時に、俺は咄嗟《とっさ》に氷の障壁《しょうへき》を生み出す。

氷を選んだのは直感だ。

黒弾は氷の障壁に激しく衝突《しょうとつ》。

障壁がパリンと砕《くだ》け散る。

相殺《そうさい》だった。

ヤツは軽く撃っただけなのに。

背筋を冷たいものが伝う。

だが、この間、シンシアは黙《だま》って見ていたわけじゃない。

背後からアモンに忍《しの》び寄り――。

『――重撃《ヘヴィ・ブラスト》』

【回復闘士】のスキルを発動。

アモンの背中にメイスを叩きつける。

相手が振《ふ》り向く前にバックステップで離脱《りだつ》する。

だが、ヤツはシンシアのことを気にする素振《そぶ》りすら見せない。

全く、眼中にないかのようだ。

シンシアの重い一撃《いちげき》はそれなりのダメージを与えたのだが、黒モヤがすぐに回復してしまう。

顔には出さないが、今のでノーダメージとは勘弁《かんべん》して欲《ほ》しい。

「まだチカラが戻っていないようだな。まあいい、キサマ程度、今のチカラで十分だ」

アモンは自分の攻撃に納得《なっとく》がいっていないようだ。

これでまだ全力じゃないとか、ホントに勘弁してくれよ。

背中を撫《な》でる危機感に、自然と笑《え》みが浮《う》かぶ。シンシアの笑顔も凄惨《せいさん》だ。

「次で殺す」
アモンは両腕《りょううで》を前に突き出す。
さっきの黒弾か？
現存魔力を計算する。
障壁は——ダメだ。
ここは撃ち合い。
手数で勝負だ。
アモンは次から次へと黒弾を放つ——。

『火精霊よ、球と成りて翔び出せ——【火球《ファイア・ボール》】』
『風精霊よ、その刃《やいば》で切り裂《さ》け——【風刃《ウインド・カッター》】』
『水精霊よ、凍てつく塊となりて、敵を討《う》て——【氷弾《アイス・バレット》】』
『土精霊よ、礫《つぶて》と成りて敵を討て——【飛礫《ペブル・ブラスト》】』

俺は左右にステップしてかわしながら、四属性の弾幕《だんまく》で応戦する。
シンシアもアモンに接近して——。

「破ッ、破ッ、破ッ、破ッ、破ッ、破ッ――」
これでもかとばかりメイスを連打する。
しばらく撃ち合いが続く――。
途中で黒弾が一発、足をかすったが、こっちのダメージはそれだけ。
一方、俺の属性弾はアモンの身体に傷をつけていく。
向こうが撃ち止めるのに合わせて、俺も止める。
五分経過しているのを確認《かくにん》し、魔力《まりょく》回復ポーションを呷る。
撃ち合いは俺の方に分があった。
『――【中回復《ミドル・ヒール》】』
すぐにシンシアから回復魔法が飛んできて、足の傷が治る。
彼女も魔力回復ポーションを飲み干した。
だが、アモンの傷も黒モヤによって元通りだ。
「どうした、まだ死んでないぞ?」
動揺《どうよう》を隠《かく》し、煽《あお》ってみるが、アモンは反応しない。
「こっちはダメよ。通常攻撃じゃダメージが通らない」
シンシアが顔を歪《ゆが》めている。

ならば――。

『火精霊よ、シンシアの武器に宿り、燃え盛る武器となれ――【炎武器《フレイム・ウェポン》】』

シンシアのメイスを炎が包む。

効果持続時間は五分。

これが通用すればいいんだが。

「小賢《こざか》しい精霊使いめ」

黒モヤがアモンの傷を消していく。

「今度こそ、殺す――」

言うなり、アモンは駆け出す。

『水精霊よ、凍てつく剣となれ――【氷剣《アイス・ソード》】』

殴《なぐ》りかかるアモンに俺は氷剣で応戦する。

シンシアも加わって、二対一の接近戦だ。

俺の氷剣。
シンシアの炎メイス。
アモンの拳。
三つが激しくぶつかり合う。
ヤツの動きは稚拙《ちせつ》だ。
泣きじゃくる子どもが腕をぶん回すようなもの。
ただ、そのパワーは半端《はんぱ》なかった。
直撃《ちょくげき》すればそれだけで致命傷《ちめいしょう》だ。
だけど、パワーだけの相手ならどうということはない。
今まで数え切れないくらい倒《たお》してきた。俺もシンシアも。
シンシアとのコンビネーションは驚くほどスムーズだ。
初めて組んだとは到底《とうてい》信じられない。
噛み合った動きで俺たちはアモンを翻弄《ほんろう》する。
このまま続けば削《けず》り切れる——だが、厄介なのは黒モヤによる回復だ。
いつになったら、あの黒モヤは尽きるのか……。

均衡《きんこう》が破れた――。

シンシアへの付与《エンチャント》が切れた。

メイスを包む炎が消える。

なっ⁉

まだ二分だぞ！

俺は慌ててフォローに回る。

ヤツの攻撃は勢いを増す。

受けるので精一杯《せいいっぱい》。

加護《エンチャント》をかけ直す時間も余裕《よゆう》もない。

「くそッ！」

「一分。時間稼《かせ》いでっ！」

「分かった」

彼女《かのじょ》にはなにか考えがあるようだ。

目を閉じて集中し始める。

スキルの前準備だ。

俺はその間、アモンの攻撃を一手に引き受ける。

「ありがと、行くよっ！」

シンシアの準備が整った。

『──聖撃《ホーリー・ブラスト》』

メイスが白い光に包まれる。

シンシアはアモンの脇腹《わきばら》を殴りつける。

白い光が黒モヤと混ざり合い、重い衝撃にアモンが膝をついた。

今日一番のダメージだ。

「クッ……」

フクロウ頭なので分からないが、痛がっているようだ。

シンシアの一撃はダメージを与《あた》えただけではなかった。

黒モヤが傷を癒《いや》そうと脇腹に集まるが、今までとは違って上手《うま》く治らない。

これなら──。

「なあ、今のあと何発打てる？」

「回復なしだと、ギリギリ一発」

二分後か。

遠すぎる。
「打たずにとっておいて」
ダメージを与えたとはいえ、致命傷には程遠《ほどとお》い。
倒す前にシンシアの魔力《まりょく》が尽きるだろう。
他に方法は……。
アモンはもうすぐ立ち上がる。
それまでになにか手を打たないと。

考えろ。
考えろ。
考えろ。

戦闘による興奮から、冷静な意識を取り出す。
いつも冷静でなければ、精霊術は使いこなせない。
必死に頭を巡《めぐ》らせる――。

シンシアの『聖撃』は白い聖気を武器にまとわせた一撃だ。
回復職であり、戦闘職でもある【回復闘士《とうし》】ならではのスキルだ。
攻撃が通ったのは聖気のおかげだ。
聖気で攻撃し続ければ、アモンは倒せる。
だがそれだと、黒モヤが尽《つ》きるか魔力が尽きるかの我慢《がまん》比べ。
手応えからすると、絶対に負ける。

――白い聖気と黒いモヤ。

この対比になにか答えがありそうだが……。
そのとき、頭の中にいくつもの疑問が同時に浮かぶ。

――なぜ精霊王様は俺に力を与えるのを前倒《まえだお》しにした？
――なぜコイツはこのタイミングで現れた？
――なぜコイツは精霊術を憎んでいる？
――なぜ聖気による怪我《けが》だけ治せない？

――黒いモヤの正体は？

――一〇〇〇年前の魔王と【精霊統】になにがあった？

――精霊術とは？


バラバラだったピースがピタリとはまる。

確証はなにもない。直感だけだ。

これがハズレたらどうしようもない。

だけど、他に方法はない。

賭《か》けるしかない！

「シンシア、メイスに聖気をまとわせて。攻撃はしなくていい」

「えっ、うん。やってみる」

さっきと同じくメイスが白い光に包まれる。

俺《おれ》は白い光にそっと手を伸ばし――その中に匂《にお》いを感じる。

かすかな匂い。初めての匂い。精霊の匂い。

【精霊統】になったからこそ、感じられる匂い。

「おいで」

白い光に呼びかける。
光が僅《わず》かに揺れる。
その中から小さな白い精霊が飛び出す。
精霊は俺の手のひらに乗った。
マッチの火のように小さく頼《たよ》りないが、紛《まぎ》れもなく精霊だった。
「えっ⁉」
シンシアは大きく目を見開いて固まっている。
やっぱり、彼女にも見えている。
「はじめまして。聖精霊って呼べばいいかな？」
俺の問いかけに白い精霊はふるふると応《こた》える。
火風水土の四属性でないことは一目瞭然《いちもくりょうぜん》。
初めて見る精霊だ。

――聖精霊。

今、俺が名付けたのだが、そうハズレてはいないだろう。

アモンにダメージを与えたのは聖気ではなく、その中に潜《ひそ》んでいた聖精霊だ。

手に乗せた聖精霊をアモンの方に向けると、それに呼応するかのように黒モヤが揺らめく。俺は確信した。

「シンシア、黒いモヤが見えるよね？」

「うん」

「あれも精霊だよ。闇《やみ》の精霊ってとこかな？」

「えっ⁉ でも……言われてみれば、そんな気も………」

もしシンシアに【精霊視】のスキルがなければ、黒モヤは見えない。

シンシアに黒モヤが見えていなければ、あれが精霊だと俺はすぐに気づいた。

彼女にも見えていたからこそ、精霊だと気づくのが遅《おそ》くなった。

――だが、間に合った。ギリギリ間に合った。

立ち上がったアモンがゆっくりとこっちに向かってくる。

「アイツを倒すぞ」

俺の問いかけに聖精霊が震《ふる》える。

「みんなも一緒《いっしょ》だ」

周囲の精霊にも声をかける。

四属性の精霊が集まり、聖精霊とひとつになる。

頼りない種火は大きく燃え上がった。

ひと抱《かか》えほどの大きさになった白い精霊を手に集め、ギュッと固く拳《こぶし》を握《にぎ》る。

俺に合わせるかのように、アモンも全身にまとっていた闇精霊《やみせいれい》を拳に凝縮させる。

「拳と拳のぶつけ合いか。分かりやすくていい」

「コロス」

同時に駆《か》け出した俺とアモン。

白い拳と黒い拳。

真正面から衝突して力比べだ。


——正解にはたどりついた。後は根性《こんじょう》見せるだけだ。


「魔王の眷属だかなんだか知らねえけどよ、冒険者《ぼうけんしゃ》をナメんなよッ！！！」

白と黒がぶつかり、打ち消し合う。

白が先か、黒が先か。

先に消滅するのはどっちだ。

必死で踏《ふ》ん張るが、少しずつ押されていく。
負けないように歯を食いしばるが、アモンの拳を押し返せない。
「ラーズッ！」とシンシアの悲痛な声が響《ひび》く。
クソッ、ここは俺が頑張《がんば》るしかないのにッ！
アモンは闇精霊を使いこなす。
一方の俺は、聖精霊は初めて。
その力を使いこなせていない。
その差はとてつもなく大きい。
ジリジリと拳が押し込《こ》まれる。
足の踏ん張りが利《き》かなくなる。
やばいっ！
「コロスコロスコロスコロスコロスコロス」
——くっ、俺が聖精霊の力を使いこなせていれば…………使いこなす？
なにを勘違《かんちが》いしてたんだ。

やっぱり、冷静さを失ったらダメだな。
俺は一人じゃない。
俺にはいっぱいいるじゃないか——俺を助けてくれる精霊《なかま》が。

「みんな助けてくれッ！」

叫《さけ》んだ。
魂の叫びだ。
その呼びかけに精霊たちが応えてくれる。
今度は俺が拳を押し返す。
少しずつ少しずつ。
精霊たちに背中を押されて。

「うおおおぉぉぉぉ」

全身が上げる悲鳴を無視して、力を振り絞《しぼ》る。

あと一歩。あと一歩だ。

だが、アモンも必死に耐《た》えている。

――不意に、脳内に声が響く。

「ちょっとだけ、力を貸してあげる」――幼い少女の声だ。

温かい炎《ほのお》が俺の背中を包み込み、力強く押してくれる。

「今だよっ」

「ああッ！」

声の主と俺はひとつになり――アモンを打ち抜《ぬ》く。

「はあはあはあはあ」

振り切った拳。

その先では、アモンが闇精霊に包まれ、そのまま姿を消していく。

「憎き精霊使いめ。我を倒したところで無駄《むだ》なことだ。魔王陛下の復活は近い――魔王陛下万歳《ばんざい》！！！」

その言葉を残して、アモンは消滅した。

「ラーズッ！」

駆け寄ってきたシンシアが抱《だ》きつく。

全力を出し切った俺は彼女を受け止めきれず、押し倒されてしまう。

「やったね！」

「ああ、久々に死にかけた」

彼女に手を引っ張ってもらい、立ち上がる。

「早く帰ろう。さすがに疲《つか》れた」

「うん。今日は美味《おい》しいもの食べよ？」

「ああ」

帰ろうとして歩き始めたとき——。

「一番下で待ってる。早く会いに来てね」

さっきの少女の声が脳内に響いた

間話四　『無窮《むきゅう》の翼《つばさ》』失墜《しっつい》

ドライの街にあるサード・ダンジョン、通称《つうしょう》『巨石塔《きょせきとう》』。全五〇階層で、その名の通り上へ上へと進んでいく塔型《とうがた》のダンジョンだ。

【戦斧闘士《せんぷとうし》】ジェイソンを加えた新生『無窮の翼』は、その第一〇階層に転移していた。第一五階層まで到達《とうたつ》済みの彼《かれ》らだが、ジェイソンの最高到達階層が第一〇階層なので、そこまでしか転移できないからだ。

憧《あこが》れのパーティーの一員となって初のダンジョン探索《たんさく》にジェイソンは緊張《きんちょう》していた。

一方、他のメンバーたちは呑気《のんき》に会話しながら進んでいく。攻略《こうりゃく》済みの階層は彼らにとっては散歩道と変わらない。

「第一〇階層かあ。久しぶりだな～。いつ頃《ごろ》クリアしたんだっけ？」

「二ヶ月前です」

「クウカはよく覚えているなあ。エラいエラい」

【勇者】クリストフが頭を撫でるのを、【聖女】クウカは気持ち良さそうに受け入れる。

一ヶ月で第一〇階層から第一五階層まで到達——その事実にジェイソンは改めて驚愕《きょうがく》する。

それとともに、そんな彼らでも一ヶ月足止めを喰《く》らっている第一五階層の恐《おそ》ろしさに震える。足止めはクビになったラーズのせいだと聞いたが……。

「こんなところさっさと、クリアしちゃおうぜ」

【剣聖《けんせい》】バートンがぼやくと、皆《みな》それに追随《ついずい》する。

「だなあ。一週間で第一五階層目指そうか。なあ、クウカ」

「はい。クリストフさんの言う通りです」

「ここでのんびりしているのは時間の無駄。さっさと進むべき」

バートン、クウカ、ウル。三人とも簡単に言うが、ジェイソンにはそれが無謀《むぼう》以外のなにものでもない気がした。

「あのー、ちょっと」との問いかけに、「どうしたジェイソン」とクリストフが答える。

「皆さんにとってはとっくに攻略済みのフロアかもしれませんが、俺には未知の領域なんで、さすがに、一週間で第一五階層までってーのは無理があるかと……」

「なに、弱気なこと言ってんだ。オマエもジョブランク３なんだろ。ダセぇ弱音吐《は》くんじゃねえ」

「バートンの言う通りだ。足手まといは必要ない」

ジェイソンは反論の言葉とともに唾《つば》を飲み込む。二人の言葉が冗談ではないことはラーズの件で証明されている。必死になって食《く》らいついていく道しか残されていない。彼の背中を冷たい汗《あせ》が伝った——。

「そろそろ、来るかもな。ウル、探査」

『——【探査《サーチ》】』

ウルは魔力を走らせ、モンスターを探《さぐ》り、「…………いた。前方の部屋、ストーンゴーレム。二体」と抑揚《よくよう》のない声で告げる。

「よし、じゃあ行くか。いつも通りな」

「おう」「はい」「……（コクリ）」

「あのー」

「なんだ、ジェイソン」

「連携《れんけい》はどうすれば？」

「はっ？　ウルが魔法ブッ放して、俺たち前衛三人が突っ込んで終わりだ」

「ああ。ストーンゴーレムごとき、恐れるまでもないだろ。そうだ、バートン」

「あ？　なんだ？」

「ジェイソンの初陣《ういじん》だ。一体譲《ゆず》ってやれよ」

「はっ？　ざけんな。昨日からイラついててよ。この怒《いか》りをゴーレムにぶつけねえと気が済まねえんだよ。そう言うオマエが譲れよ」

「リーダーは俺だ。黙って従え」

「チッ、分かったよ。ジェイソン、一撃で葬《ほうむ》れ。ヘマすんじゃねえぞ」

「あっ、ああ……」

厳しい要求を突き付けられたが、ジェイソンは肚《はら》をくくるしかなかった。

一行が軽い足取りで部屋の前まで進むと、「よし、ストップ。ジェイソンも前に出ろ」とクリストフが合図する。

「ウルがぶっ放したら、突っ込むぞ」

「おう」「はっ、はい」

そして、ウルが一歩前に出て呪文《じゅもん》を唱える。

『――【氷牢《フローズン・ジェイル》】』

前方に突き出された杖《つえ》からふたつの氷塊《ひょうかい》がゴーレムたちに向かって放たれる。
「行くぞッ！」
クリストフの掛《か》け声とともに、前衛三人は駆《か》け出した。
先行するのはクリストフとジェイソン。
右側のストーンゴーレムにクリストフ。
ジェイソンは左側だ。
バートンはジェイソンの斜《なな》め後《うし》ろでスタンバイ。
ウルの氷塊がゴーレムに迫《せま》る。
彼女の得意魔法のひとつだ。
もっと強い魔法も使えるが、これで十分だ――少なくとも今までは。
ふたつの氷塊が二体を直撃。
その巨体《きょたい》を仰《の》け反《ぞ》らせる。
激突《げきとつ》した氷塊は崩《くず》れない。
厚い氷がその身体《からだ》を覆《おお》い尽くす。
氷がゴーレムの動きを封《ふう》じる。

その隙《すき》に、クリストフが動く。

身体の前で双剣《そうけん》を交差させ、跳《と》び上がる。

狙《ねら》いはゴーレムの首だ。


『――【鋏斬《シザーズ・エッジ》】』


隙の大きい技だが、高いダメージを与える【勇者】の双剣スキル。

双剣で両側から挟《はさ》み込み、ハサミで切断するように、頭部を斬《き》り落とす――はずだった。

――パキン、と嫌《いや》な音が響く。

クリストフ渾身《こんしん》の一撃が放たれる直前。

ゴーレムを覆う氷が音を立てて割れ、粉々に砕け散った。

身体の自由を取り戻《もど》したゴーレムは、しゃがんで双剣を回避《かいひ》する。

「なッ⁉︎⁉︎」

命中を確信していたクリストフは焦《あせ》る。

だが、空中で無防備な上、技後硬直《こうちょく》で身体が動かせない。

そこにゴーレムの重い拳が顔面を直撃。

彼の身体は数メートルも弾《はじ》き飛ばされる。

石床《いしゆか》を何度かバウンドし、ようやく動きを止めた。

「クリストフッ！」

「クリストフさんッ‼」

「…………嘘《うそ》っ」

バートンが、クウカが、ウルが叫ぶ。

皆、驚愕の表情だ。

ジェイソンも同じだ。

あれだけ「一撃で倒す」と余裕ぶっていたのが、いとも簡単に殴り飛ばされるとは——

全くの想定外だ。だが、他人の心配をしている場合ではない。次は自分の番だ。

攻撃《こうげき》態勢に入っていた身体を無理矢理《むりやり》停止させる。

斧《おの》を身体の前面に出し、両足を踏ん張り、防御《ぼうぎょ》態勢をとる。

目の前のゴーレムも、体表を覆う氷が砕け散る。

巨大《きょだい》な拳が振り下ろされた。

ジェイソンは慌《あわ》ててスキルを発動させる。

『――【堅守斧《プロテクト・アックス》】』


斧を中心に防御障壁《ぼうぎょしょうへき》を張る斧職の防御スキルだ。

派手さはないが、自分一人を守ることに特化したスキル。

これまで何度もピンチを救ってくれた得意技《とくいわざ》。

硬《かた》い石拳が障壁を砕《くだ》く。

障壁は拳の威力《いりょく》と相殺《そうさい》された。

しかし、そのおかげでジェイソンはノーダメージ。

バックステップで距離《きょり》を取る。

攻撃にも守備にも移れるように体勢を整えた。


固まっていたバートンもようやく動き出す。

クリストフは倒れたままでピクリとも動かない。

その姿に「チッ」と舌打ちし、仲間に指示を出す。

「おいっ、クウカ、クリストフに回復魔法だッ」

「はっ、はい」

「ウル、手加減無用だ。強力なヤツをぶち込めッ」

「……………うん」

「ジェイソンはそいつをなんとかしろ。もう一体は俺が倒す」

「はっ？　ゴーレムごときに尻尾《しっぽ》巻いて逃《に》げられるかよ。腑抜《ふぬ》けたこと言ってないで、そいつを倒せ。オマエも『無窮の翼』の一員だろ」

「撤退《てったい》すべきでは？」

「…………。ああ、分かった」

自分がリーダーだったら、疑う余地もなく撤退を選ぶ。

それしか選択肢《せんたくし》はありえない。

だが、ここでそれを主張したら、クビ間違《まちが》いなしだ。

覚悟《かくご》を決めて、ゴーレムと対峙《たいじ》する。

倒す気はない。

粘《ねば》るだけ。

味方がもう一体を倒しきるまで。

――大丈夫《だいじょうぶ》。今まで何度も戦ってきた。

一体だけなら、時間を稼げる。

「クウカ、早く」

隣《となり》のウルに促《うなが》され、ハッとしたクウカは自分の役割を思い出す。

ミスリル錫杖《しやくじよう》を左右に大きく振《ふ》り、詠唱《えいしよう》を開始する。そして――。


『――【大回復《ハイ・ヒール》】』


クリストフに向かって、光の塊《かたまり》をした魔法が飛んでいく。

そして、淡《あわ》い魔力の光がクリストフを包み込む――。

「えっ⁉　なんで⁉⁉」

クリストフはピクリとも動かない。

「おかしい……」

【聖女】になって以来、どんな怪我《けが》でも【大回復《ハイ・ヒール》】ひとつで回復させてきた。それなのに
……。そこでクウカは思い至る。

【勇者】となったクリストフが意識を失うほどの大怪我をしたことがなかったという事実に。

「とにかく、急がないと――」

クウカは走り出した。

クリストフのもとに。

ただ意識を失っているだけなのか。

命に関《かか》わる怪我で一刻を争う状態なのか。

彼女には判断がつかない。

でも愛するクリストフを失うわけにはいかない。

走った。

かつてないほど懸命《けんめい》に走った。

聖衣《せいい》の裾《すそ》が乱れるのも気にせずに。

クリストフに駆け寄ったクウカは、惨状《さんじょう》を目《ま》の当たりにする。

額には大きな裂傷《れつしょう》。

鼻の辺りは大きく陥没《かんぼつ》。

両腕《りょううで》はあらぬ方向に曲がり。

両脚《りょうあし》は砕けている。

鎧《よろい》の下がどうなっているか――想像するまでもない。

さっきの【大回復《ハイ・ヒール》】で出血は止まり、小さな傷は癒《い》えている。

だが、いつ命の灯火《ともしび》が消えてもおかしくない。

「うそっ……」

クウカは血で汚《よご》れるのも構わず、クリストフの横に座《すわ》り込んだ。

彼の胸に両手を当てて詠唱を開始する。

『──【大回復《ハイ・ヒール》】』

『──【大回復《ハイ・ヒール》】』

『──【大回復《ハイ・ヒール》】』

『──【大回復《ハイ・ヒール》】』

『──【大回復《ハイ・ヒール》】』

魔力枯渇《まりよくこかつ》も気にせず、狂《くる》ったように連発する。

その甲斐《かい》あって、傷は完治した──だが、それでもクリストフの意識は戻らないままだった。

バートンの前にゴーレムが迫る。

彼は両手持ちの大剣を身体の前に構える。

――剣で石拳を受け流し、ガラ空きの胴体《どうたい》に一撃《いちげき》を叩《たた》き込むッ。

いつもなら、それで終わりだった。

しかし――。

殴《なぐ》りつける巨拳と迎《むか》え撃《う》つ大剣。

彼の予想は裏切られた。

剣は拳の勢いを弱めた。

だが、弱めただけだった。

威力が多少落ちても未《いま》だ強力な巨拳の一撃。

彼の顔面を殴り飛ばす。

バートンの巨体も地面を転がる。

先ほどのクリストフ同様に。

だが、バートンの方がクリストフよりタフだった。

痛みに顔を顰《しか》めながらも、なんとか立ち上がる。

しかし、どうにか立ち上がりはしたものの、身体はフラつき、そして、頭は混乱していた。

——なんだこりゃ？　一体、どうしたってんだ？⁉

ウルも遅《おく》れて動き出す。
動揺《どうよう》で心がかき乱される。
自分の魔法《まほう》が効かなかったことが信じられない。
それでも、やるべきことを思い出す。
最強魔法でゴーレムを焼き尽くす。
それだけ。
目を閉じ、長い詠唱を紡《つむ》ぎ出す。
今の彼女《かのじょ》が放てる最大威力の魔法を打つために——。

ジェイソンだけが冷静だった。
彼は自分の力量を把握《はあく》している。
無理せず防御に徹《てっ》する。
敵の攻撃を斧でそらし、躱《かわ》し、いなし、避《さ》ける。
そして、ゴーレムの体勢が崩れた一瞬《いっしゅん》——。

その隙をついて、背後に回り込む。

「今だ、ウル。魔法を打つんだッ！」

ちょうど彼女が全五〇節に及《およ》ぶ長い詠唱を終えたタイミングだった。

『――【蒼炎龍舞波《ドラゴニツク・ファイア・ダンス》】』

杖の先端《せんたん》から二頭の蒼白《あおじろ》い炎の龍《りゅう》が飛び出し、二体のゴーレムに襲《おそ》いかかる――。

蒼白い炎がゴーレムの巨体を包み込む。

「すげえ……」

ジェイソンは戦闘《せんとう》中であるのも忘れ、見入ってしまう。

「やったか？」

他のメンバーもその光景を見て勝利を確信した。

だが、しかし――。

大ダメージではあるが、まだ、ゴーレムは倒《たお》れない。

「うそっ⁉」

全員の視線がゴーレムに釘《くぎ》づけになる。

一番信じられなかったのは、魔法《まほう》を放った本人だった。

その直後、彼女は意識を手放し、崩れ落ちるように床《ゆか》に倒れる。

魔力が枯渇《こかつ》したのだ。

今までであれば、ギリギリのタイミングで駆け付け、その口に魔力回復ポーションを流《なが》し込む男がいた。

だが、その男はもうここにはいない。自分たちが追放してしまったのだ。


「なんだよ、これ？」とジェイソンが声を漏《も》らす。

これが本当に『無窮の翼』なのか？

みんなが憧れる『無窮の翼』の姿なのか？

以前、助けてもらったときの強さはどこにいったんだ？

だが――と彼はゴーレムに向かって斧を構える。

倒しきれなかったとはいえ、大ダメージを与《あた》えた。

今なら、勝てると、一歩を踏み出したところで――。

「…………チッ、撤退だ」

バートンが苦虫を噛《か》み潰《つぶ》したような表情で告げる。

耐え難《がた》い屈辱《くつじょく》に顔は赤く染まっていた。

「なっ⁉」

逃げるべきときに戦い。

戦うべきときに逃げる。

信じられない判断だ。

だが、新入りである自分の立場を思い出し、言葉を呑み込む。

「分かった。どうすればいい？」

「クリストフは俺が背負う。オマエはウルだ」

「了解《りょうかい》」

「イヤぁ、クリストフが目を覚まさないのぉ～～～」

「ほら、行くぞ」

バートンはクウカの腕《うで》を掴《つか》み、無理やり立たせると、通路に向かって駆け出した。

新体制『無窮の翼』の初攻略は、誰《だれ》もが想像していなかった惨憺《さんたん》たる結果に終わった――。

『無窮の翼』は駆けた。狭《せま》い通路を必死に駆けた。

中でも先頭を走るバートンは意識を失ったクリストフを背負いながら、死に物狂いで走る。

「なんで。なんでだ。なんでこんな目にあうんだよ。相手はゴーレムじゃないか。なんで、俺《おれ》たちが負けるんだよ」

悔《くや》し紛《まぎ》れに愚痴《ぐち》を吐くバートンの後に泣きじゃくるクウカが続き、最後尾《さいこうび》はウルを背負ったジェイソンだ。

以前、酒場で耳にした言葉がジェイソンの頭をよぎる。

――『無窮の翼』でまともなのはラーズだけ。後はジョブだけの能なしども。

そのときは僻《ひが》みとやっかみだと、全く気にしていなかった。だが、作戦も連携も皆無《かいむ》な駆け出しパーティー並みのお粗末《そまつ》な戦闘を目の当たりにし、考えが揺《ゆ》らぐ。

彼らに声をかけられ有頂天《うちょうてん》になっていたが、自分の選択《せんたく》が誤りだったとの思いが湧《わ》き上がる。

脳裏《のうり》に元パーティーのメンバーの顔が浮《う》かび、彼は奥歯《おくば》を強く噛み締《し》めた。

『無窮の翼』の敗因はふたつある。

もちろん、ひとつ目はラーズが抜けたこと。精霊術《せいれいじゅつ》による支援《しえん》と連携を成立させようとする立ち回り。その重要性を彼らは過小評価していた。

そしてふたつ目は——。

——冒険者《ぼうけんしゃ》を辞《や》める理由はなにか？

ダンジョン内で死亡する。

怪我《けが》をして冒険できない身体になる。

目標としていた金額を貯《た》め、別の道に進む。

しかし、一番多い理由は——「心が折れた」からだ。

恐怖《きょうふ》。苦痛。怯懦《きょうだ》。目に見えない病はジワジワと冒険者の心を蝕《むしば》み、ある日突然《とつぜん》喰らい尽《つ》くす。

剣も振れる。

魔法も打てる。

身体はまだ動く。

だが――心がついてこない。


こうなってしまったら、もうどうしようもない。冒険者《ぼうけんしゃ》を廃業《はいぎょう》するしか道はない。

ダンジョンの外では、精神状態というのはダンジョン内ほど影響《えいきょう》しない。

場末の酒場の主人が張り切ったところで一流店並みの料理は作れない。

パン屋が死ぬ気になっても、いつもの二倍の量のパンを焼くことはできない。

逆に、やる気がない日のギルド職員でも、普段《ふだん》とさほど変わらない書類仕事ができる。

しかし、ダンジョン内では話が違《ちが》ってくる。世界の理《ことわり》なのか。ダンジョン神の思《おぼ》し召《め》しなのか。それとも、なんの理由もないのか。

精神状態次第《しだい》で、普段絶対にできないことが可能になり、普段余裕《よゆう》でできることが不可能になる。ダンジョンという場所はそういう空間であり、冒険者という生き物はそういう存在だ。

冒険者とは冒険する者。

自ら危険を冒《おか》す者。

格下を相手に安全な戦いをする者ではなく、自分より強い相手にリスクを持って挑《いど》み、打ち破らんとする者だ。危険に身を晒《さら》し、壁《かべ》に挑み、死力を尽くして破り続ける。そうして冒険者たちは研《と》ぎ澄《す》ませていく。身体を、技量を、そして――心を。

『無窮の翼』の一番の弱点。それは心を研ぎ澄ませてこなかったことである。彼らはここまで冒険してこなかった。個々人のずば抜けた能力値とラーズの入念な準備と支援によって、異例のスピードで攻略してきた。

その一方、今まで苦戦や窮地《きゅうち》というものを体験してこなかったのだ。

それでも問題なくやってこられたのは、彼らが強い信念を抱いていたからだ。

――自分たちは最強、という信念を。

彼らは心の底から信じていた。

だからこそ、ラーズの精霊術が強力な効果を発揮したのだ。ラーズの精霊術は対象の精神に作用する。それゆえ、支援効果は対象の精神、とりわけ、信念の強さが影響していた。

「自らが最強」という信念を持つ『無窮の翼』の面々だったからこそ、ラーズの支援はもっとも強力な効果を発揮していたのだ。

しかし、一ヶ月前、その信念に陰《かげ》りが見え始めた。今まで立ち止まることがなかった彼らが初めて足踏《あしぶ》みしたのだ。

――サード・ダンジョン第一五階層。

急激に敵が強くなり、一ヶ月かけても前に進むことができなくなったのだ。『無窮の翼』にとって初めての挫折《ざせつ》だった。

足止めされ「自らが最強」の信念が揺らぐ。信念の揺らぎはラーズの支援効果を弱める。第一五階層で足止めされる時間が長くなるほど、自信は弱まり、ラーズの支援効果も弱くなっていく。やがて、皆、ラーズの精霊術は無能と思い始める。

もし、ここで自分たちを省《かえり》み、時間をかけてもう一度鍛《きた》え直す道を選んでいたら、また違った結果になっただろう。

しかし、彼らは、原因を自分に求めるのではなく、他者に求めた。その結果がラーズの追放だ。『無窮の翼』は自ら成長の機会を手放したのだ。

そして、ささくれ立った彼らの信念に致命傷《ちめいしょう》を与えたのが昨日、一昨日の出来事だ。『疾風怒濤《しっぷうどとう》』のロンには抵抗《ていこう》する間もなく喉元《のどもと》に短剣を突《つ》き付けられた。

『闇《やみ》の狂犬《きょうけん》』のムスティーンには凄みを利かされ、逆らう気概《きがい》も見せられず、足元に屈《くつ》した。

このふたつの出来事で、クリストフらの自信は散々に打ちのめされた。

今までは、「誰が相手でも負けない」と信じていたのだが、その自信はいとも容易《たやす》く踏《ふ》みにじられた。

彼らの心の底に「自分たちより強い相手には勝てない」という澱《おり》が淀《よど》み、彼らを縛《しば》り付けた。

それにより今までの実力の半分も出せなくなってしまった。その結果がストーンゴーレム戦の無様な敗退だ。この敗退は結果以上に、深刻な意味を持つ。彼らの自信は粉々に砕け散ってしまった。

身体の傷は回復魔法でどうにかなる。しかし、心の傷を癒やすのは容易なことではない。折れた心を接《つ》ぎ直し、もう一度立ち上がるのは果てしなく難しい。特に、今まで心を鍛《きた》えてこなかった彼らにとっては――。

『無窮の翼』は通路を疾走《しっそう》する。チェックポイント目指して一目散に。

すれ違った冒険者たちが驚《おど》き、思わず道を空けるほど必死な形相だった。

◇◆◇◆◇◆◇

「うおっ！」

「なんだっ⁉」

「おい、今の『無窮の翼』じゃね？」

「ああ、なんかボロボロになってたけどな」

「潰走《かいそう》してる真っ最中って感じだったね」

「なんでこんなトコにいるんだ？　ヤツらもっと上の階層にいたはずじゃない？」

「ああ、だよな」

「確か一ヶ月前に第一五階層に到達したって酒場で偉《えら》そうに自慢《じまん》してたぜ」

「あー、それ、ワタシも聞いた」

「先頭はバートンで、クリストフを背負ってたな」

「クリストフやられたんか！」

「こんな階層で？」

「あんなに威張《いば》ってたのに」

「ざまあ、イケメンざまあ」

「おまえ、ホントにイケメンに容赦《ようしゃ》ねえな」

「うるせー、俺の気持ちがお前に分かるかっ！」

「はいはい、嫉妬《しっと》は見苦しいわよ～」

「クウカちゃんもいたな。なんか泣いてたけど」

「勇者様ラブだもんな、クウカちゃん」

「うん、クウカちゃん可愛《かわい》いんだけど……」

「勇者様しか見てないんだよな……」

「俺は、ウルちゃん派だっ！」

「つーか、一番後ろの誰よ？　ウルちゃんを背負ってたみたいだけど」

「うらやま死刑《しけい》！」

「黙《だま》れ、ロリコンッ！」

「ラーズさんじゃなかったよな」

「ラーズさんはクビになったぜ」

「えっ？　マジ？」

「うん、数日前の早朝に馬車でどっか行くのを見たヤツがいるらしい」

「え～、ラーズさん引退かよお。俺、色々と世話になったのに」

「ああ、俺もだ。ショックだわあ」

「あの人、格下の俺たちにも腰《こし》が低いし、気にかけてくれるんだよな」

「ああ、他のメンバーは偉そうにしてて取っつきにくいけど、ラーズさんはそんなことなかったもんな。会えないってなると寂《さび》しいな」

「俺も俺も」

「あーあ。知ってたら、思い切って告白してたのに～」

「え～、お前、ラーズさん好きだったの？」

「お前みたいな男女は相手にされないって」

「ウルサイ！　好きなもんは好きなんだよ。乙女心《おとめごころ》なんだよ。分かれっ!!」

「いやあ、お前も意外と恋《こい》する乙女なんだな」

「まあ、ラーズさんに惚《ほ》れる気持ちも分かる。渋《しぶ》い大人の魅力《みりょく》があるもんな」

「そうそう。俺も女だったら惚れてたかも」

「でしょでしょ？」

「まあ、しゃあない、お前のことを気に入ってくれる男がきっといるさ」

「うん……って、なんでみんな顔を背《そむ》けるのよっ！」

「俺はちょっと……」「俺も……」「……」

「もう、いい。ラーズさんは戻ってくるもん。絶対帰ってくるもん！」

「おっ、まだ諦《あきら》めてない」

「だな。希望はあるな」

「ラーズさんなら戻ってきてもおかしくないな」

「うん。でしょ？　ワタシは信じて待っている」

「戻ってきたときは、隣に可愛い彼女を連れてるかもしれんけどな」

「うぎゃー、余計なこと言うなー！！」

「わははは」「あはは」「いひひひ」「うへへへ」

「ラーズさんに呼ばれたら、ホイホイ付いていくんじゃないの？　恋する乙女さん？」

「アホかっ！　それとこれとは話が別よっ！　ラーズさんは好きだけど、アンタたちも大事な仲間よ」

「おお、姐《あね》さん、かっこいー」

「惚れる～」「好きだ～」「結婚《けっこん》して～」

「もう、すぐフザケるんだから～」

「あれ、照れてる～」

「調子のんなッ！」

「イテッ。やめて、グーパンはやめて」

「「「わははは」」」

「つーか、アイツら、ラーズさん抜《ぬ》けて、大丈夫かな？」

「ラーズさんは戦力的には他の四人に劣《おと》るかもしれないけど、ダンジョンの知識はハンパなかったよな」

「ああ。なんでも知ってる感じで、なにか訊《き》いたら、すぐに教えてくれたよな」

「うん。なにか尋《たず》ねると、バカにしたりしないで、いつも丁寧《ていねい》に教えてくれた」

「交渉事《こうしょうごと》とかも、全部あの人がやってたし」

「資材調達も一人でやってたな」

「どれも面倒事《めんどうごと》だよな。必要ってのは分かってるけど」

「俺たちは分担してやってるのに、ラーズさんは一人でやってたもんな」

「アイツら大丈夫なんか？」「ラーズさんナシで回るんか？」

「「「………………」」」

「今回の潰走もラーズさんが抜けたからかもな」

「ありえる」「確かに」「かもね～」「うんうん」

「でもさ、『無窮の翼《つばさ》』をあそこまで壊滅《かいめつ》させるモンスターって何物だよ。俺たちも撤退するか？」

「ああ、そうだな。念《ねん》のためにな」

「君子危《あや》うきに近寄らず」

「なんか、ダンジョン攻略《こうりゃく》って雰囲気《ふんいき》じゃなくなっちゃったね」

「今日はなにもしてないけど、ここで撤退するか」

「「「おう」」」

「じゃあ、帰ったら、我らが紅一点の失恋《しつれん》祝いで一杯《いっぱい》やるか？」

「フッザケんなッ！！　泣くぞ、コラ！！」

「わははは」「あはは」「いひひひ」「うへへへ」

「まあ、気晴らしには呑《の》むのが一番だ。みんなで慰《なぐさ》めてやろうぜ」

「おう」「だな」「おけおけ」

「………サンキュ」

冒険者たちの会話は、必死で退却《たいきゃく》する『無窮の翼』メンバーたちの耳には届かなかった――。

第五章　戦いを終えて

魔族《まぞく》アモンを倒した俺たちは第一一階層に下り、チェックポイントを登録。ひと騒動《そうどう》あったが、当初の予定通り、転移してダンジョンから帰還《きかん》した。

外に出ると日が暮れかけていた。ダンジョン内で異変が起こり、時代が動こうとしている。しかし、沈《しず》みかける夕日は無関心で、いつも通り仕事納めとばかりに街並みを赤く照らす。

ダンジョン入り口のそばには、行きと同じ管理官が相も変わらずやる気がなさそうに突っ立っていた。

「おう、アンタらか。お疲《つか》れさん。ずいぶんと早いがどうだった?」

「ああ、予定通り、フレイム・オーガを倒してきたよ」

「はっ?」

俺が赤い魔石を見せつけると、管理官は大きく目を見開いた。

「じゃあな」

「さよならです」

ポカンと口を開けて固まる管理官に背を向け、俺とシンシアは歩き出した。

「びっくりしてたね」

「まあ、普通《ふつう》じゃ無理だからな」

驚愕《きょうがく》している管理官のオッサンを置いてけぼりに、俺たちは冒険者ギルドへ向かった——。


冒険者ギルドの扉《とびら》をくぐる。

今日もギルド内はいつもと変わらない。夕方早い時間であるにもかかわらず、多くの冒険者で賑《にぎ》わっている。併設《へいせつ》された酒場からは、既《すで》にでき上がった酔《よ》っぱらいの喜びの声が聞こえてくる。

予想以上に攻略が順調にいったり、レアなお宝を入手したりと調子が良かった日。そんな日は無理をしないのが冒険者の鉄則だ。

調子が良い日ほど、「もう少し」、「あとちょっと」と無理をしがちだ。そして、引き際を間違え、手痛いミスを犯《おか》す。だから、調子が良いときこそ、早めに撤収《てっしゅう》するべきなのだ。

この時間にいるのは今日の冒険が成功した者たち——。

今日こそ、腹いっぱい食べられるのかもしれない。

レアなアイテムでもゲットしたのかもしれない。

欲《ほ》しかった武器を買うための資金がようやく貯まったのかもしれない。

喜ぶ気持ちも、騒《さわ》ぎたくなる気持ちも手に取るように分かる。

やはり、アインスの活気は格別だ。この街は冒険者の数が一番多いし、他よりも若い。

他の街の冒険者はもう少し落ち着いているのだが、この街は向こう見ずな若さで飽和《ほうわ》しそうだ。その熱気にあてられ、俺まで若返った気分になる。

「みんな若いわね」

「ああ。でも、ちょっと前までは俺たちもああだったんだぜ」

「そうだったわね」

シンシアが懐《なつ》かしむような笑《え》みを浮かべる。

「じゃあ、とっとと精算しちゃおう」

「ええ」

カウンターの窓口は、どこも長い列ができているが、俺たちには関係ない。今朝、ロッテさんに言われた通り、俺たちは特務窓口に向かった。緊急《きんきゅう》事態を報告するための特務窓口には、もちろん、誰も並んでいない。

「あのー」

「ん⁉」

特務窓口の担当者は書類に視線を落としている体を装っていたが、その頭はコクリコクリと船を漕《こ》いでいた。まあ、暇《ひま》なんだろうし、その気持ちは分からなくもない。

俺が声をかけると、転覆《てんぷく》して海に投げ出された担当者は慌《あわ》てて飛び起きた。

「なんだっ⁉　事件かっ⁉」

「いや、違います。ロッテさんに取り次ぎをお願いします」

「なんだよ。驚かせて。話は聞いてるよ。ちょっと待ってな」

俺が専属担当官任命証を見せると、担当者は安心したようだ。

「あら、ラーズさんとシンシアさん。お帰りなさい」

担当者に呼ばれ、ロッテさんがすぐにやってきた。朝よりも目の下のクマが酷《ひど》いが、意外と元気そうだ。タフだなあ。

「買い取りをお願いします。フレイム・オーガの魔石です」

ダンジョンを駆《か》け抜けたので、道中の雑魚《ざこ》モンスターのドロップ品はすべてスルーした。

今日の収穫はこの魔石だけだ。

「えーと、今日は第四階層からでしたよね？」

「そうですよ」

「どれくらいかかりました？」

「四時間です。邪魔《じゃま》なモンスター以外は全無視で、最短ルートを突っ走ったので」

「それにしても、速すぎですよ。正式な記録はないですけど、間違《まちが》いなく第一〇階層までの最速ですよ。どれだけ最速記録を出せば気が済むんですか……」

「まあ、俺たちは既に踏破《とうは》済みですし、ズルしてるようなもんですよ」

ロッテさんは呆《あき》れ顔でため息をつく。

「なにはともあれ、お疲れ様《さま》でした。こちらはフレイム・オーガの魔石の買取金、三万ゴルです」

サード・ダンジョンの報酬《ほうしゅう》には比べるべくもないが、それなりに豪華《ごうか》なディナーを食べられる。昨日は時間も遅《おそ》かったので、適当な晩飯で済ませたが、今日はご馳走《ちそう》だ。久々の機会に、期待が膨《ふく》らむ。

「それと――」

買い取りが済んだので、本題を切り出す。

「――ちょっとここでは話せないことが起こりました」

「分かりました。別室に移動しましょう」

ロッテさんは冷静に告げるが、こめかみがピクリと動いた気がした。気のせいだと自分に思《おも》い込《こ》ませる。

昨日と同じ部屋でハンネマン支部長と面会する。俺がアモンの一件を報告し終えると――。

「――なるほどのう。魔族に魔王か……」

支部長は険しい顔だ。

「ドロップアイテムなどはなかったので、証拠《しょうこ》はありませんが……」

「いや、お主がそのような嘘《うそ》をつくとは思っておらん。とはいえ、今の段階で打てる手はない。こちらでも調べておく。なにか、異変があったら教えてくれ」

支部長の言う通りだ。魔族と魔王に関してはなにも分かっていない。

「ワシはギルド本部に連絡《れんらく》する。ロッテ、後は任せたぞ」

そう言い残して、支部長は部屋を後にした。

その後、ロッテさんと簡単な打ち合わせを済ませてから、俺とシンシアは冒険者ギルドを後にする。

「『破断の斧《おの》』のときはどうだった？」

手のひらの赤い魔石を弄《もてあそ》びながら、シンシアに尋ねる。

「ウチはリーダーの財布《さいふ》の紐《ひも》が堅《かた》かったから、大部分が装備を買うための貯金になったわ。少し、いいお酒を飲んだくらい。そっちは？」

「一晩で飲みきったよ。止めたんだけど、聞かなかったな。まあ、俺も浮かれていたのかもね」

今の俺なら絶対に止めるが、あの頃《ころ》は俺も若かった。

「それくらいすぐ稼《かせ》げるという自信もあったしね」

ちなみに、ダンジョンボスは乱獲《らんかく》できない。

パーティーに一人でも討伐《とうばつ》メンバーがいると、一週間以上はボスが現れないのだ。

だから、何度も倒して金稼ぎしたり、他パーティーの力を借りて倒したりしにくい。

「三万ゴルかあ、当時は大金だったわね」

「ギルド飯一ヶ月分だもんな」

「ギルド飯、懐かしいわね」

「ああ……思い出したくない」

「悪夢よね」

「こればかりは、冒険者なら満場一致《まんじょういっち》だな」

一定以上の冒険者にとってギルド飯はトラウマだ。

ギルド飯には二種類あって、黒パン・スープセットと黒パン・干し肉セットがどちらも五〇〇ゴル。黒パンは歯を折るための武器なんじゃないかってくらいに硬《かた》いし、スープはくず野菜と肉の切れ端《はし》しか入っていないし、干し肉はひたすら、塩、塩、塩だ。

最低限の食事で、味も栄養も期待できないが、金のない駆《か》け出しの冒険者はこれで過ごす。冒険者登録してから最初の三ヶ月間は、一日二回無償《むしょう》で支給されるからだ。

寝床《ねどこ》に関しても同様。ギルド建物に隣接《りんせつ》した宿泊施設《しゅくはくしせつ》があり、板張りの床に雑魚寝《ざこね》で一〇〇〇ゴル。それが三ヶ月はタダなのだ。

冒険者は意外と出費が多い。ポーション等の消耗品《しょうもうひん》も必要だし、武具のメンテナンスにもお金がかかる。最初のうちは、完全に赤字。ギルドの支援なしでは生きていけない。

だから、三ヶ月以内に最低でも二〇〇〇ゴルを稼げるようにならないと、素質なしと見なされ、冒険者を辞めるしかない。

「一度、拠点《きょてん》に戻《もど》って、シャワーを浴びよう」

「ええ、さっぱりしたいわ」

拠点の掃除《そうじ》をしてもらった要領で、精霊に汚《よご》れや汗《あせ》は払《はら》ってもらったが、シャワーは別物だ。

冒険者ギルドの別館でもシャワーが浴びられる。使用料は一人一〇〇〇ゴル。ギルドの宿泊施設一晩の宿泊代《しゅくはくだい》と同額であり、駆け出しの冒険者にはとても手が届かない値段だ。初めて新人のうちは、井戸《いど》から汲《く》んだ冷たい水とボロ布で身体《からだ》を拭《ふ》いて済ませるだけ。初めてシャワーを浴びたときの感動は今でもはっきりと覚えている。

シャワーひとつとってもそうだが、冒険者という職業は自分の成長が目に見えるかたちで分かる。食べるものは豪華になり、飲む酒も高級なものになり、泊《と》まる場所も快適になる。装備する武具は強力なものになり、ダンジョン攻略のための消耗品も惜《お》しみなく使えるようになる。安直ではあるが、こういった分かりやすい見返りが、ダンジョン攻略への強い原動力になるのだ。

「そうだ！　精霊シャワーだ」

「あっ、その手があったわね」

水精霊と火精霊に伺《うかが》ってみると「いいよ」との返事がもらえた。

シンシアも分かるようで、精霊に「ありがとうね」と感謝の視線を送る。

「楽しみね」

「ああ」

精霊シャワーは格別だった。もう、普通のシャワーには戻れない。

サッパリとした俺たちは、初冒険の打ち上げのために夜の街へと繰《く》り出した。

◇◆◇◆◇◆◇

――炎肉亭《えんにくてい》。

最高級とまではいかないが、一人一万五〇〇〇ゴルほど――ギルド飯に換算《かんさん》すると一月分――もする中々の高級店だ。

客層は第二〇階層以降に挑んでいるようなこの街のトップ層の冒険者が中心で、裕福《ゆうふく》な商人たちもちらほら。『無窮《むきゅう》の翼』時代にも第二〇階層を越《こ》えたあたりから、しょっちゅう入り浸《びた》っていた懐かしい店だ。

「乾杯《かんぱい》っ！」

「かんぱ～いっ‼」

グラスを交《か》わし、赤ワインを口に含《ふく》む。爽《さわ》やかな香《かお》りと濃厚《のうこう》な風味が口中に広がる。しばし口の中で転がした後、飲み下すと芳醇《ほうじゅん》さが喉《のど》から鼻に抜けていく。

「美味《おい》しいわね」

「ああ」

冒険者が飲む酒といえばエールだ。エールがあれば、誰も文句を言わない。それくらい定番だ。

しかし、『炎肉亭』が供するのは、どっしりと重たい赤ワインだ。その理由は、この店の料理にある。

「お待たせしました。『焼き三種』でございます」

俺とシンシアの前に置かれたふたつの皿。この店の定番料理である『焼き三種』だ。それぞれの皿には大きな肉の塊《かたまり》が三つ、ドンと載っかっている。左から順に、フレイム・リザード、オーク、ミノタウロスの肉――この並びの順番通りに食べるのが推奨《すいしょう》されている。

一塊五〇〇グラムほどで、どれも表面はこんがりと焼かれており、この店特製の甘辛《あまから》いソースがかかっている。

脇《わき》には付け合わせの野菜が載せられているが、肉塊《にっかい》の存在感に肩身《かたみ》が狭い思いをしている。

この店のウリは塊のようなモンスター肉。それを豪快《ごうかい》に強火で焼き上げたもの。焼いただけのシンプルな料理だが、モンスター肉の旨味《うまみ》を最大限に引き出している。なかなか値が張るが、それに見合った料理を提供してくれる。モンスター肉を持ち込めば、割り引いてくれるのも特徴《とくちょう》で、『無窮の翼』時代にはここに通うために、一時期肉狩《にくが》りを行ったこともある。

「わ～、久しぶりのモンスター肉だ～」

「ああ。ドライの街じゃあ、なかなか食べられないからな」

肉の山を前にシンシアがはしゃぐ。その気持ちは俺もよく分かった。

先週までいたドライの街にあるサード・ダンジョンには、食肉をドロップするモンスターがほとんど出現しない。魚や野菜を用いた料理は美味しいのだが、モンスター肉を食べるのはなかなか難しい。

久々のモンスター肉。それも、一口で食べきれないほどのボリューム。見るだけで食欲が刺激《しげき》される。

さあ、まずはあっさりとしたフレイム・リザードからだ。俺もシンシアも思いっきりかぶり付いた。

あふれ出る肉汁《にくじゅう》とともに、口中に旨味が広がる。表面はこんがりと焼かれているが中はレアで、噛《か》みしめる度に肉の旨さがダイレクトに伝わってくる。

「おいし～～～」

「旨っ！！」

しばしの間、二人とも会話を忘れ、肉塊に戦いを挑んだ――。

『焼き三種』を片付け一段落したところで、追加オーダーした串焼《くしや》きを摘《つま》みながら会話を再開する。

ワインで上気したシンシアがいつもより色っぽく、俺《おれ》の顔も赤くなる。

俺も酔っているんだろうか……。

話題は今日の振《ふ》り返りに移っていた。ただ、アモンについては俺もシンシアもあえて避《さ》けている。アイツの話になるとどうしても重くなる。

今はもう少し軽《かろ》やかな余韻《よいん》に浸《ひた》っていたい。重いのはワインと肉だけで十分だ。

楽しい会食も終盤戦《しゅうばんせん》になり、「お待たせしました」と店員が皿を持ってきた。

シンシアがリクエストしたデザートが届けられたのだが、一瞬《いっしゅん》にして酔いが覚めるほどの強烈《きょうれつ》なインパクトだ。

「わーい」

「デカッ!!」

皿いっぱいに盛られた高く白い山。

名称《めいしょう》は生クリームマウンテン。

そこにシンシアはハチミツやらチョコクリームやらをためらいなくドバドバとかけていく。

「ラーズも食べる？」

「いや、遠慮《えんりょ》しとく」

遠慮というか、頼《たの》まれても食べたくないというのが本音だ。

「いただきまーす」

シンシアはスプーン片手に遠慮なく山を崩《くず》していく。

見ているだけで胸焼けものだが、嬉《うれ》しそうなシンシアを見ているとこっちまで幸せな気持ちになる。

本当に美味しそうに食べるんだもんなあ。

白い山が半分以下になった頃、シンシアのペースが落ちてきた。

「お腹《なか》いっぱいになった？」

「ううん。名残惜《なごりお》しくなってきたから、ゆっくり食べてるの」

シンシアはスプーンに盛られた生クリームを口に運び、身悶《みもだ》えして幸せを噛みしめている。

まだしばらく会話は無理みたいだ。

俺は黙ってシンシアの笑顔《えがお》を眺《なが》めることにした。

「ごちそうさまでした～」

山が完全に整地されたので、満足顔のシンシアに話しかける。

「じゃあ、そろそろ、拠点に戻ろうか」

「うんっ！」

俺もシンシアも満ち足りた気持ちで炎肉亭を後にした。

◇◆◇◆◇◆◇

拠点に戻った俺たちはまだ飲みたりなかったので、途中《とちゅう》で買ってきた蒸留酒で飲み直していた。

俺は干し肉をちびちびとかじりながら。

シンシアはチョコレートをつまみながら。

あえてのんびりと、ゆったりと会話を続ける。

「そういえば、シンシアは冒険者《ぼうけんしゃ》になる前はどんな感じだったの？」

「そうねえ――」

彼女《かのじょ》は過去を思い出すように遠い目をする。そして、思い切ったように口を開く。

「お兄ちゃんがいるの」

「へえ、初耳だ」

「誰《だれ》にも言ったことないからね」

「えっ⁉」

「パーティーメンバーにも誰にも言ったことがないの」

「なんでそんな秘密を俺に？」

「ラーズには私のことをもっと知ってもらいたいから……」

クリクリと目を丸め、微笑《ほほえ》みかけてくる彼女にドキッとする。それを誤魔化《ごまか》すようにグラスを傾《かたむ》けると、彼女は続きを話し出した。

「四つ年上のお兄ちゃんでね、私より先に冒険者になったの。名前はロンバード。今は『フィーアの街』にいるわ」

「………⁉　『フィーアの街』のロンバードって、あの『神速雷霆《しんそくらいてい》』のリーダーの⁉」

「ええ、ビックリした？」

「ああ……驚いたよ」

いたずらが成功した少女のように、嬉しそうにしているシンシア。

俺は彼女の口から出てきた名前に心底驚いた。

フィーアの街はサード・ダンジョンの次、フォース・ダンジョンがある街だ。ファイナル・ダンジョンに関しては、ここ何百年も到達者《とうたつしゃ》が出ていない。すなわち、フィーアの街にいる【三つ星】冒険者というのは、冒険者のトップ集団なのだ。

その中でも、先頭を走る『神速雷霆』は全冒険者の最先端《さいせんたん》だ。そのリーダーである【雷《らい》騎士《きし》】ロンバード。彼《かれ》の名を知らない冒険者はいない。直接会ったことはないが、彼に関する逸話《いつわ》はいくつも聞き及《およ》んでいる。俺が目標にしている冒険者の一人だ。そんな有名人が、まさかシンシアのお兄さんだったなんて……。

「比べられたくないから、今まで黙ってたんだ」

「ああ、たしかに……」

親や兄弟が優秀《ゆうしゅう》な冒険者だと、どうしても比較《ひかく》されてしまう。過剰《かじょう》に期待されたり、失望されたり。そういった他者からの圧力に耐《た》え切れず、挫折《ざせつ》してしまう者を何人も見てきた。

ロンバードの妹だと明かしたら、周囲は大騒《おおさわ》ぎだろう。落ち着いた冒険者人生を生きるために黙っていたという彼女の判断は間違いではないだろう。

そんな大事な秘密を俺に明かしてくれたのだ。よっぽど、俺のことを信頼《しんらい》してくれているのだろう。その期待にしっかりと応《こた》えないとな。

「私たちは王都近くのクリーヴの町で育ったんだ」

「ああ、良い町だよね」

「あら、行ったことあるの？」

「うん。陛下に呼ばれて王都に行ったとき、途中で一泊《ぱく》した。町の人たちは皆《みな》、親切にしてくれたよ」

セカンド・ダンジョンを最速クリアしたことと、俺以外の四人がジョブランク3のユニークジョブを授《さず》かったことで、陛下から賞賛と激励《げきれい》の言葉を賜《たまわ》ったときのことだ。

町中に清明な川が流れる風光明媚《ふうこうめいび》な町だったのを覚えている。

「ああ、あのときね。ドライの街まで噂《うわさ》が伝わってきて、大騒ぎだったわよ」

「そうだったんだ」

どうりで俺たちがドライの街を訪《おとず》れた際に、やたらジロジロと見られたり、知らない相手から話しかけられたりしたわけだ。

「話がそれたわね。お兄ちゃんもラーズみたいに小さい頃から冒険者になるって決めてて。父さんと母さんが止めても全然聞かなかったんだ。私もそんなお兄ちゃんの真似《まね》をして、棒きれを振り回してたんだよ」

手元のスプーンをメイスのように振り回してみせる。

「お兄ちゃんには一回も勝てなくて、悔《くや》しかったんだ。だから、回復魔法使《まほうつか》いになっても、メイスを振り回してるのよ。いつか、お兄ちゃんに一発入れてやるの。それが私の目標」

「じゃあ、もっと強くならないとな」

「うん。もっともっと強くなる！」

彼女は回復魔法《まほう》を使いながらも、メイスで敵と殴《なぐ》り合う【回復闘士《とうし》】というジョブだ。

虫も殺さないような見た目の彼女がどうしてそんなジョブなのか今まで謎《なぞ》だったが、ようやくそのルーツが分かった。

「回復魔法を学んだのは？」

「一〇歳《さい》のときに近くの教会の神官さんに回復魔法の素質があるって言われたのよ。それで、その神官さんに二年ほど手ほどきを受けて、一二歳から一五歳までは王都の教会学校で修業《しゅぎょう》したのよ」

回復職の定番コースだ。才能を見出《みいだ》され、学校できちんとした教育を受けて冒険者になる。

魔法使いも、魔術師《まじゅつし》に才能を見出され、魔術学校へ通うパターンが多い。

剣士《けんし》なんかも道場に通ってから冒険者になる者がいるが、どれもある程度の規模の街に限った話だ。

俺やクリストフみたいな小さな村育ちの者は、自己流の修業だけで冒険者になる。きちんとした教育を積んだ者に比べて、知識でも経験でも大きな差があり、最初の頃は苦労したものだ。

その上、精霊術《せいれいじゅつ》の使い手は俺以外にいなかった。だから、書物を読み漁《あさ》って知識を身につける他なかった。

「へえ、そういう経緯《けいい》だったんだ」

「ええ」

俺の過去については以前話したことがあるので、彼女はすでに知っている。なんでか知らないけど、出会ったばかりの頃から彼女はやたらと質問攻《ぜ》めにしてきて、俺のことを知りたがった。『無窮の翼』のメンバーから質問されることがなくなって久しいから、俺も嬉しくなって色々と彼女の質問に答えた。今では、元パーティーメンバーよりも彼女の方が、俺について詳《くわ》しいだろう。

その一方、俺は彼女のことをあまり知らない。お兄さんのことも、甘味《かんみ》オニギリ好きなことも、この街に来て初めて知ったくらいだ。

にこにこ顔でグラスを傾けるシンシア。彼女のことを知れて嬉しいし、もっと彼女のことを知りたくなる。知れば知るほど、彼女のことを好きになっている自分に気がつき、質問攻めにしたくなる彼女の気持ちが少し分かった。

「それにしても、ビックリしたよ。シンシアがロンバードさんの妹だっただなんて」

「あら、ビックリしてるのは私の方よ」

「えっ？」

「国王陛下から報奨《ほうしょう》された期待の新星『無窮の翼』のメンバーと一緒《いっしょ》にパーティーを組めるだなんて光栄なこと、半年前には思ってもいなかったわ」

「おっ、おう……」

彼女は軽口を叩《たた》く。

役立たずと追い出された俺には身に余る言葉だと思う反面、嬉しく思う自分がいた。そうなんだよな。彼女は俺が『無窮の翼』にいた頃から、俺を評価してくれていた。そんな彼女に救われてきた。だから、彼女が追いかけてきてくれたことが、本当に嬉しかったんだ。

「じゃあ、お互《たが》いの元パーティーメンバーに感謝しなきゃだな」

「ええ、本当に」

再度、グラスを合わせ、思いに耽《ふけ》る。

その余韻が薄《うす》れていった頃――シンシアが問いかけてきた。真剣《しんけん》な顔つきだ。

彼女の表情から、ようやくこの話をする時間だと悟《さと》る。

「ねえ、魔王って本当にいるのかな？」

「ああ、間違いない」

「精霊術を憎《にく》んでたね」

「魔王を封印《ふういん》したのが精霊術使いだからな」

「きっとまた、同じようなのが襲《おそ》ってくるんだろうね」

「ヤツらは俺が目当てだ。もし――」

言いかけた俺の口を彼女の指がふさぐ。俺をじっと見る目からは強い意志が感じられる。

「ああ、すまなかった」

今のは俺が悪かった。どこか臆病《おくびょう》になっていた自分に気づけた。

止めてくれた彼女に感謝だ。

今度は間違えないように言い直す。

「ヤツらは俺が目当てだ。だから、シンシアに付いてきて欲しい」

「うんっ！」

「厳しい戦いになる」

「ドキドキするわねっ！」

「一緒に戦おう」

「楽しみ楽しみっ！」

シンシアは仲間だ。精霊王様が言っていた——真の仲間だ。俺はようやく出会えたんだ。

「それで、明日はどうする予定なの？」

「第二〇階層だ。一日かけてフロアボスを倒《たお》して帰還しよう。それと——」

「なにかしら？」

「明日はいろいろ試《ため》そう。コンビネーションの練習だ」

俺もシンシアも、前衛と後衛どちらもこなせるので、選択肢《せんたくし》は多い。

二人前衛の平行陣《へいこうじん》なのか、斜《なな》めに並ぶ雁行陣《がんこうじん》なのか、それとも、一人が前衛もう一人が後衛の縦陣なのか。三つの選択肢がある。

もちろん、最適な陣形というものは存在しない。場合によって、良《よ》し悪《あ》しがある。それに、戦闘《せんとう》中に陣形を切り替《か》える場合もありうる。

戦況《せんきょう》に応じて陣形を選び、切り替えていく——そのためには、二人の高度な連携《れんけい》が必要だ。

そして、連携というのは反復を通じてしか上達しえない。お互いがお互いを知ろうと努力し、相手の考えを理解しようと努める。その積み重ねによって、初めて連携が機能するのだ。

その点、『無窮の翼《つばさ》』は壊滅的《かいめつてき》だった。なんとか、俺が支えてきたから持ちこたえられたものの、皆が自分勝手に行動するせいで、それぞれの実力の半分も発揮できていなかった。

今度はそうならないようにしたい。俺とシンシアは元々知り合いだったとはいえ、パーティーを組んでダンジョンに潜《もぐ》ったのは昨日が初めてだ。できるだけ早いうちに、上手に連携をとれるようになっておきたい。

「腕《うで》が鳴るわね。明日はちゃんと頼《たよ》りになるって証明してあげるわ」

「ああ、頼りにしているよ。相棒」

「えへへ。そうよね。相棒よね。よろしくね、相棒」

「ああ」

掲《かか》げたグラスを合わせる。

カチンと高く鳴る音が、嬉しいような照れくさいような——。

その後はとりとめのない話が続いた。

シンシアとはどれだけ話しても話題が尽《つ》きることはなかった。

ツマミがなくなったので、お代わりを取りに行く。戻ってみると彼女はテーブルに突《つ》っ伏《ぶ》してすやすやと寝息《ねいき》をたてていた。あどけない寝顔だ。

冒険者はいつもどこか気を張っている。本当にくつろげるのは、安全だと確信できる場所だけだ。

俺を信頼してくれてるんだ。そう思うと嬉しかった。

起こさないように優《やさ》しく抱《だ》き上げる。酒精に混じる甘《あま》い香りが、ふっと鼻を撫《な》でた。

寝室《しんしつ》に運び、ベッドに下ろす。

シンシアが寝返りを打った拍子《ひょうし》に、長い金髪《きんぱつ》が彼女の顔をおおう。

滑《なめ》らかな髪《かみ》をそっとどける。そのときに指先が少し、頬《ほお》をなぞった。

そこだけがじんわりと熱を持つ。

忍《しの》び足で部屋を後にした。

何気ない日常の一場面かもしれない。

だけど、仲間だと思っていた奴《やつ》らに見捨てられ、一度は一人で生きていくことも覚悟《かくご》した俺にとっては、とっても暖かく感じられた。

「ああ、追放されてよかったな」

自然とそんな言葉が口から漏《も》れた。

——幸せになるのが最高の復讐《ふくしゅう》。

どこかで聞いた言葉。

俺は今、幸せだ。

心の底からそう思う。

隣《となり》に信頼できる仲間。

前には未知なる冒険《ぼうけん》。

後ろは振り向かない。

冒険者を始めた一五歳のときと同じくらい、いや、それ以上にワクワクしている。

明日が待ち遠しくてしょうがない。

◇◆◇◆◇◆◇

白い空間だ。

先日とは違《ちが》って、なんで呼ばれたのか当たりがついた。そして、前回よりも空気がひりついている。

「まさか、こんなにすぐに再会することになるとはのう」

「やはり、アモンの出現は……」

「ああ、お主の思っている通りだ。残念ながら、我の予感は当たってしまった。それもこんなに早いタイミングでな」

「アイツが言っていたように魔王《まおう》の封印《ふういん》が弱まっているのですね」

「ああ、魔王の封印が解ける日が近い。一〇〇〇年ぶりに魔王の脅威《きょうい》が迫《せま》っておる」

「一〇〇〇年前は【精霊統《せいれいとう》】が魔王を封印したのですよね？」

「ああ、その通りだ。アヴァドンという男だった。魔王を封印できるのは精霊の力のみ。今回はお主にしかできぬ仕事だ。引き受けてくれるか？」

冒険者になろうと思ったのは、五大ダンジョンの存在を知ったからだ。誰も成《な》し遂《と》げたことのない五大ダンジョン制覇《せいは》。誰もたどり着けないでいる場所を見てみたかったからだ。

そして、今――。


――世界を救えるのは俺しかいない。

身体《からだ》が震《ふる》える。武者震《むしゃぶる》いだ。

「必ずやってみせますっ！」

「世界の命運はお主にかかっておる。頼んだぞ」

「それで、俺はこれからどうしたらいいんでしょうか？」

「今までと変わらん。仲間を集め、ダンジョンを制覇し、精霊王から力を授かる。五大ダンジョンを制覇して、精霊術使いとして真の力を手に入れねば、魔王封印は不可能だ」

それなら俺のやることは変わらない。冒険者として、ダンジョンを攻略《こうりゃく》していくだけだ。

「魔族の狙《ねら》いは精霊術の使い手。これからも魔族どもがお主を襲ってくるであろう。これからは極《きわ》めて厳しい旅になる。それでもお主には成し遂げてもらわねばならぬ」

アモンは強敵だった。これからも魔族は俺を襲ってくる。

だが、それくらいの難易度の方が張り合いが出る。強敵にビビるようでは冒険者失格だ。楽しんでやろうじゃないか。

「魔王復活までどれくらい猶予《ゆうよ》があるのでしょうか？」

「まだ特定はできておらん。一年後か、二年後か。だが、今日、明日ということはない」

全力で駆《か》け抜《ぬ》ければ、間に合うだろうか。

「残されている時間はあまり多くない。急ぐ必要はあるが、焦《あせ》ってはならぬ。冒険者であるお主ならば、この違いは分かっておるだろう？」

急ぐことと焦ること。これをしっかり区別しないと足をすくわれる――ダンジョンが教えてくれた。

「我の話は以上だ。こうしてお主と話をすると精霊の力を消費することになる。魔王との決戦に備えて精霊力は少しでも蓄《たくわ》えておかねばならぬ。お主との連絡は必要最少限しかできぬが、我は常にお主を見守っておる」

「恥《は》じぬよう生きていきます」

俺の目を見て、精霊王様は満足そうに頷《うなず》く。

「ははは、信じておるぞ。最後にプレゼントだ。手を出すがよい」

差し出した手のひらに透明《とうめい》に輝《かがや》く宝石みたいな物が出現する。サイズは三センチほど、魔石に似ているが別物のようだ。

「それは精霊石。精霊に与《あた》えれば、お主に懐《なつ》き、より強い力を発揮する」

――精霊石。

初めて耳にする名前。『精霊との対話』にも書かれていなかった。

「精霊石はダンジョン内にも存在する。普通《ふつう》の者には見つけられないが、精霊の導きがあれるお主であれば発見できるだろう。精霊石を集め、精霊を強化するのも魔王戦には必須《ひっす》だ」

「分かりました。必ずや」

精霊王様の姿が薄れていく。

「精霊とともに――」

「精霊とともに――」

その言葉を最後に、精霊王様は姿を消し、俺の意識も薄れていった――。

――翌朝、目を覚ますと手の中には精霊石がひとつ。それをギュッと握《にぎ》りしめ、決意を新たにする。

魔族の出現。

魔王の復活。

聖の精霊に闇《やみ》の精霊。

精霊王様から授かった精霊石。

アモンとの戦闘中に聞こえた謎の声。

気になることは山積みだ。だけど、俺がやること、やれること、やるべきこと——それはひとつしかない。

「さあ、今日もダンジョン攻略だっ！」


（了《りょう》）

あとがき

　まさキチです。はじめての方ははじめまして。『追放精霊術士』をお手にとっていただきありがとうございます。以前からお知りの方には感謝を。皆様のご支援により、書籍化が実現しました。こういうかたちでお会いでき嬉しく思います。

　ラノベはまさキチの人生を支えてくれた柱のひとつです。多くの作品から生きる力をもらいました。今回、ささやかながらも恩返しができたことを光栄に思います。

　まさキチにとって「追放」と聞いて最初に思い浮かぶのはメタリカとムステインですが、彼を主人公にしなかった理由は本文から察してもらえると思います（笑）。今年は彼とマーティー、悲願の共演が実現しました。同じ年に本書を出版できたことは一生忘れないです。

　皆様と二巻で再会できることを祈っております。

　執筆を支えてくれた家族のA、T、Y、担当編集氏、素晴らしいイラストを描いていただいた雨傘ゆん先生、書籍化に携わってくださった全ての方々にお礼を申し上げます。

　最後に。「本はいくらでも買っていい」と言ってくれた亡き父に本書を捧げます。

HJ文庫 https://firecross.jp/
1100

勇者パーティーを追放された精霊術士1
最強級に覚醒した不遇職、真の仲間と五大ダンジョンを制覇する

2023年7月1日　初版発行

著者――まさキチ

発行者―松下大介
発行所―株式会社ホビージャパン

〒151-0053
東京都渋谷区代々木2-15-8
電話　03(5304)7604（編集）
　　　03(5304)9112（営業）

印刷所――大日本印刷株式会社

装丁――BELL'S／株式会社エストール

Printed in Japan

ISBN978-4-7986-3216-2　C0193

ファンレター、作品のご感想
お待ちしております

〒151-0053　東京都渋谷区代々木2-15-8
(株)ホビージャパン HJ文庫編集部 気付
まさキチ 先生／雨傘ゆん 先生